初めての恋人が
官能小説家ってアリですか!?

希彗まゆ

Illustration
KRN

gabriella plus

ラス初回特典　希彗まゆ 描き下ろしSS

が官能小説家ってアリですか!?　番外編』

著者／希彗まゆ　イラスト／KRN

結婚してから、わたしは十六夜《いざよい》さんを「紫苑《しおん》さん」と呼ぶようになった。

呼び始めのころは照れてしまって仕方がなかったけれど、結婚生活も三年目に入るとそれも当たり前になってくる。

当たり前の幸せに変わってくる。

結婚してから初めて紫苑さんと迎えた春に、わたしは元気な男の子を出産した。

紫苑さんはそれはもう喜んでくれて、ふたりで相談して名前を「紫樹《しき》」とつけた。

紫苑さんは甘やかすほどの勢いで紫樹をかわいがり、家事のお手伝いもしてくれるのにすすんで紫樹の面倒を見てくれた。抱っこをしてあやしながら執筆することもしょっちゅうだった。

わたしと紫苑さんと紫樹、三人の生活もまた、わたしの中で当たり前の幸せになっていた。

の、だけれど。

紫樹が三歳になった最近、ちょっと。

ちょっとだけ、困っていることがある。

「ママ！　ただいまー！　これママにプレゼン

休憩時間に、紫苑さんが紫樹を遊び

くれていた日のこと。

紫樹は帰ってくるな

し出した。

キ

れど、ちょっと

夢とし、目標と

本気らしい。

紫苑さんなん

ですよ」と言っ

「紫樹。ママは

のお嫁さんにも

パのものなんで

これだけは譲れ

と紫樹にはっ

ル視されているの

わたしはとい

つくのではない

「ママはパパよ

パよりぼくと結

いまもそう言

結婚とかお嫁

はっき

前から「ママをお嫁さんにする」のを
している。しかも紫樹なりにけっこう
かは「早めに現実を教えたほうがいい
し、
パパのお嫁さんだから、もうママは誰
なれないんです。未来永劫、ママはパ
す。パパは紫樹のことが大好きですが、
ません」
きり言ったため、最近は紫樹にライ
始末だ。
えば、へたにわたしが言
かと考えてしまって
りぼくのほうが
婚してくれ
って、

れど、紫樹にうつったらいけないと、紫苑さんが別室
で寝かせるように言ってあった。
けれど真夜中近く、
見ればひっく、　っと顔を出した。
「ママ。パパ　あげている。
がママ　たのかな。ぼく
なったのか
た

NOT FOR SALE

初めての恋人が官能小説家ってアリですか!?

contents

gabriella plus

イラスト／ＫＲＮ

初めての恋人が官能小説家ってアリですか!?

プロローグ

「だいぶ緊張していますね。身体のどこもかしこもこわばっている」

背後から抱きしめている男性の艶《つや》めいた声に、わたしはぞくりと快感を覚えた。彼ほど色気のある声の主に出逢《であ》ったことはない。それはわかっていたはずなのに、この段階になってこの破壊力といったらない。

「ほら、力を抜いて。ふかく息を吸って、……吐いて。そう」

彼の言うとおりにしてみると、身体の震えが少しだけ止まった。

彼はお腹《なか》に回した手をそのままに、もう片方の手で「いい子ですね」と頭を撫《な》でてくれる。

「わたし、そんな……子どもじゃ、」

「子どもじゃないなら、もう少し慣れましょうね」

ささやかな抗議の言葉を遮《さえぎ》り、彼はふふっと笑う。

「こっちを向いて」

うながされてそろそろと振り向くと、クッと顎《あご》に指をかけられ、ふわりとくちづけられた。

「っ……！」

甘い官能的な味と香りが、口いっぱいに広がる。彼とのキスは、いつも驚くほど甘い。

キスだけでこんなにドキドキして、わたし本当にこの先を進めるんだろうか。

キスが終わり不安になって見上げると、彼はその美しい顔にやわらかな笑みを浮かべてみせた。

「恐《こわ》いことはなにもしません。安心してきもちよくなってください」

そしてまた、キス。

ああ、もうだめだ。くらくらしてきた。

わたしはきゅっと目を閉じて、覚悟を決めた。

――なんだかんだで、いつもこうやって、わたしは彼に抱かれるのだ。

第一章

とっさに出た嘘《うそ》だった。

「ああ、父さんもいつどうなるかわからない歳になったんだなあ。孫の顔なんてぜいたく言わない。せめてつぐみの恋人の顔だけでも見たかったよ」

ただのぎっくり腰だったとはいえ、こんなに落ち込み憔悴《しょうすい》しきったお父さんを見るのは初めてのことで。胸が、痛んだ。

孫の顔を見せてあげられていない、それどころか結婚すらしていない。恋人の気配すらない。わたしは両親が年を取ってから生まれた。いまわたしは二十七歳で、両親のどちらも七十代に入っている。兄弟はいない。

両親が「早く孫の顔を見せてくれ」とことあるごとに言ってきていたのも、わたしの将来を案じてのこと。それもじゅうぶんにわかっていた。

今回お父さんが倒れたと会社に連絡があり、わたしは「ついにそのときがきたのか」と覚悟した。

ただのぎっくり腰だったとわかってほっとした、けれどそれゆえ不安が募った。

この先もきっと、こういうことは起こり得る。今回はぎっくり腰ですんだけれど、次はどうかわからない。次は本当に命にかかわることかもしれない。

その焦燥感《しょうそう》から出た嘘だった。

「恋人なら、いるよ。いま結婚を前提におつきあいしている人ならいるから。だから、安心して」

両親は驚いた顔をして、ついでぱあっと顔を輝かせた。こんなにうれしそうな両親の顔を見るのは、どれくらいぶりだろう。

「つぐみ、本当か⁉　じゃあ、その人を連れてきてくれ！」

「わたしもぜひ見てみたいわ、つぐみのおつきあいしてる人！」

ぐいぐいこられ、わたしはちょっとひるんだ。

「う、うん、まあ、もう少し経《た》ったらね」

「そんなこと言わず、父さんが入院しているあいだにちょっとでも時間をとってもらえないかい？　父さん、それを励みにすぐよくなれる気がするんだがなあ」

「つぐみ、お父さんのためにひと目だけでも会わせてあげてちょうだい」

今度は懇願するように言われ、ついにわたしは折れた。

「わ、わかった……。でも、ほんとに彼の都合がついたらね」

「もちろんだよ！　ああ、楽しみだなあ！」

「なにが転じて幸せが舞い込むかわからないものねえ！」

ここが病室だということも忘れて、両親は手を取り合って喜んでいる。

まあ、ひと目だけならなんとかなるだろう。沖安《おきやす》くんに頼めばきっとなんとかしてもらえる。

頭の中でそう思いつつ、わたしははしゃぐ両親をほっこりした気持ちで見つめた。

これを機に、ちょっと本気で婚活してみよう。

初めてそんな気持ちにもなれた。

＊＊＊

わたしのいままでの人生は、まじめを判で押したようなものだった。「崎原《さきはら》つぐみ」といえば「地味でまじめ」の代名詞のようなもの。それは自他ともに認められている。

あまり恋愛感情を持ったことだってなかった。

一度だけ恋人ができたこともあったけれど、キスもエッチもかたくなに拒み続けていたところ、あっさりふられた。

「おまえみたいな地味なやつ欲情もしない」

それが元カレの捨《す》て台詞《ぜりふ》だった。

そうか、わたしって男性から見るとそうなのか。まあしゃれっ気のない黒縁《くろぶち》眼鏡に自分で切った顎までの不揃《ふぞろ》いな黒髪、化粧っ気のない平坦《へいたん》な顔とくれば当然かもしれない。

致命的なのはスタイルがいいわけでもなく性格だってかわいげなんかまったくないことだとも思う。胸だって多少膨らみがある程度だし、腰のくびれだって服を脱がないとあまりわからない。門限だって自分で決めているし、趣味といえば読書とお裁縫《さいほう》くらい。

元カレも、よくわたしとつきあう気になってくれたものだと思う。一度つきあってくれただけで、感謝しないといけないのかもしれない。

いまの勤め先はちいさな会社の事務職で、ほぼ一日中パソコンと向き合っている。採用されて数年経つけれど、データ管理や雑用しかしていない。

特別な管理職になんてもちろんついていない。日々毎日こつこつと地道に仕事をこなすだけだ。

お父さんが入院したその翌日、出社すると、真っ先に沖安くんが声をかけてきた。

「崎原、親父《おやじ》さん大丈夫だったか？」

沖安龍己《たつき》、わたしとおなじく二十七歳。同期の彼は仕事もできるし顔も広い。難を言えば遊び人ということ。わたしも入社したとき彼に軽いノリで口説かれたことがあったけれど、きっと社交辞令のようなものだろうとお断りした。沖安くんは気分を害したふうでもなく、「崎原さんてきっぱりしてるなー、気に入った！」と屈託なく笑った。以来、彼はなにかにつけてよく面倒を見てくれる。

沖安くんの髪は少し茶色系だけれど、それは生まれつきらしい。瞳の色も薄茶色だ。アウトドア派な彼らしく、肌は健康的な小麦色。背も高く整った顔立ちの彼は、社内でとてもモテる。

「うん、ぎっくり腰で済んだよ。心配してくれてありがとう」

お礼を言ってから、わたしはちらりとあたりを見回す。誰もこちらに気を向けている様子がないことを確認すると、声をひそめた。

「沖安くん、頼みたいことがあるんだけど」

「ん？　なんだ？　おまえから頼みごとなんて珍しいじゃん」

「わたしの婚約者として両親に会ってくれるような人、誰か紹介してくれないかな」

「はっ⁉」

目を見開いた沖安くんに、社員の視線が集中する。わたしは焦《あせ》り、さらに声をひそめた。

「沖安くん、声大きいよ」

沖安くんも急いで声のトーンを落とす。

「わ、悪い。でもさ、おまえがそんなこと言い出すなんてどういう風の吹き回しだよ」

そう尋ねてから、彼はピンときたようだった。

「ああ、親父さんを安心させたい気持ちになったとか？」

「うん、まあそうなんだけど」

「でも一度会わせたら、ほんとにいずれは結婚しないとかえってご両親に酷《こく》なことになるぞ。ぬか喜びさせるだけっていうか」

「うん、だからちゃんと婚活もするよ。とりあえず恋人のふりだけしてもらって、そのあいだに婚活して、本当の結婚相手が見つかったら改めて両親に紹介する。『前の人とは別れていまの彼とつきあうことになった』ってちゃんと説明するから」

わたしが説明すると、沖安くんは「うーん」と考え込んだ。

「おまえがそこまで考えてるんなら、まあいいか。そういう気になったのもいいことだと思うしな。うん、まあ知り合いを当たってみるよ」

「ありがとう」

わたしはほっとして、自分の席に戻った。

これであとは、婚活するだけだ。合コンとか断り続けてきたけれど、今度は誘いに乗ってみよう。結婚相談所に登録するのもいいかもしれない。

だけどわたしがそういった行動をとるより先に、その日のうちに沖安くんから連絡がきた。

家に帰ってパソコンを開き、いい結婚相談所がないかといろいろ検索していた矢先だった。

沖安くんから、携帯に電話が入ったのだ。

『おまえの話に乗ってくれる人見つけたんだけど、いまいいか？』

「えっ、もう⁉」

わたしは慌ててメモの準備をする。

『名前は十六夜紫苑《いざよいしおん》、二十八歳。高校のときの俺の先輩なんだけど。おまえの事情を話したら、快《こころよ》く引き受けてくれた。覚えてないかな、おまえ一度合コンに参加したことあっただろ?』

「あ、うん」

普段合コンは絶対断っていた。だけど一年ほど前のそのときは「一度経験してみても悪くないから」とほぼ強制的に沖安くんに連れていかれた。

『あのとき十六夜さんも、その合コンに参加してたんだ。十六夜さんも合コンとか普段興味ないんだけど、人数合わせに俺が頼み込んでさ。十六夜さん、そのときのおまえを覚えてたみたいだ』

「えっ……そうなんだ」

わたし、なにか印象深いことでもしただろうか。考えてみたけれど、特に思い当たらない。

会社も休みだしその人の都合とも合うからと、明日の土曜日に会うことに決まった。

服装は、いつものスーツでいいだろう。本当の恋人同士でもないんだし。

こんなことを頼み込むんだし、手土産は持って行ったほうがいいだろう。

ベッドにもぐり込んでから、どんな人なんだろうと考えると少しだけ胸がドキドキした。こんな気持ち、すごく久しぶりだ。

会社以外で男性に会うのなんて、元カレのとき以来だからだろう。

それでもそのドキドキは本当に少しで、いつものようにすぐ眠りについてしまった。

＊＊＊

翌日の土曜日はさすが二月というだけあって寒くはあったけれど、幸い快晴だった。

街までいくと中央に大きな花時計があり、恋人たちの待ち合わせ場所として有名どころでもある。

午後一時にその花時計のところで、というのが沖安くんの指示だった。

少し早めに街についたわたしは、行きつけの和菓子屋さんに入る。

栗《くり》ようかんに和風ゼリー、くずもちなどもいいなと思ったけれど、一番おいしそうだったどら焼きにした。栗餡《くりあん》とカスタード、つぶあんの三種類のセットで、この和菓子屋で一番人気だった。わたしもここのどら焼きが一番気に入っている。

和菓子屋を出て花時計のところにいくと、ちょうど一時になるところだった。

最初は沖安くんもきてくれるということだったけれど、と見回してみたわたしは、背後から呼びかけられた。

「崎原！　なんだよ、おまえいつもとぜんぜんかわんねぇなあ。ちょっとくらいおしゃれしてこいよ」

振り向くと、ばっちりしゃれた私服姿の沖安くんが立っていた。黒いコートにジーンズ、ブーツまで黒だ。整った顔立ちもあって、なんだか悪魔みたい。悪戯《いたずら》っぽい表情をしているからそう感じるのかもしれない。

「紹介するよ。こちら、十六夜紫苑さん。紫苑さん、こっちが俺の同期の崎原つぐみさんね」

そう言った沖安くんの背後から、すっと背の高い影が出てきた。

——あまりの美貌に、息が止まるかと思った。

「初めまして。十六夜紫苑です。よろしくお願いします」

薄茶色の髪に、おなじく色素の薄い瞳。真っ白な肌はきめ細かくて、触《さわ》ったら絶対すべすべしていると思う。西洋のお人形さんみたいにきれいで整った顔立ちに、右目の下の泣きぼくろが色気を添えている。沖安くんよりさらに背も高く、百八十センチは軽くこえているだろう。並んだら、わたしの頭が彼の胸のあたりにきそうだ。紺色の和服をきれいに着こなしていて、寒さなんて感じていないようだった。

「崎原？　いくら十六夜さんがきれいだからって見惚《みと》れすぎだぞ」

「あっ、す、すみません！」

苦笑する沖安くんに、わたしは我に返る。慌ててぺこりと頭を下げた。

「崎原つぐみです！　よろしくお願いします！」

「まあ、正確には初めましてではないんですがね」

ふっと微笑《ほほえ》むと、ますます色っぽさが増す。周囲の女性たちの視線を一手に集めているのに、そういうことに慣れているのだろう、十六夜さんは物おじなんかしている様子もない。

「じゃあ俺、約束があるから。しっかりやれよー！」

沖安くんは腕時計を見てそう言い残すと、さっさと去って行ってしまった。

こんなにかっこいい人だなんて、思ってもみなかった。男性とふたりきりになったこと自体が久しぶりだし、十六夜さんかっこよすぎだし、なによりこれから恋人のふりをしてもらう人だ。否応《いやおう》にも緊張して身体ががちがちになってしまう。

そんなわたしを見下ろしていた十六夜さんは、にっこり微笑んだ。

「打ち合わせも兼ねて、少しお話しましょうか。ここ寒いですし、カフェにでも入りましょう」

「あっ……は、はい！」

十六夜さんは歩き出し、わたしは慌てて後を追う。

花時計の正面の大通りを渡ったところにある、白くてかわいらしい西欧風のカフェに入った。一番奥の席に向かい合って座る。

ここでも十六夜さんは女性店員さんやお客さんたちの注目を集めていたけれど、まったく気にせずブラックコーヒーを頼んだ。わたしもおなじものを注文する。

「つぐみさんはいつもコーヒーはブラックなんですか？」

「あっ……いえ、なんとなく……」

緊張しすぎてメニューを見る余裕がなかったなんて、とても言えない。それよりも、下の名前で呼ばれたことに必要以上にドキドキしてしまう。十六夜さんてすごく艶めいた色っぽい声をしているからなおさらだ。

なにか話題を、と考えていたわたしは、ふと思い当たった。

「そういえば、以前合コンでお会いしていたって沖安くんに聞きましたけど……」

「ああ、お会いしていたというよりかすめた程度ですね。私のほうが勝手に覚えていただけですから」

「あの、わたしそんなに男性に印象づけるような容姿なんかしていないと思うんですが……」

「容姿というより、なんていうんでしょうね。ほんとに些細《ささい》なことなんですけど」

十六夜さんはわたしをじっと見つめて、教えてくれた。

「あの日それぞれの趣味を言い合っていて、つぐみさんお裁縫が趣味だって言ったでしょう」

「あ、はい」

「それでちょうどあの居酒屋にくる前に袖をひっかけて破いちゃったからつくろってほしいって頼んでいた男がいましたよね」

「あー……そういえばそういう人もいましたね」

少しお酒が進んだあたり、確かにそう言ってきた人がいた。人のものとはいえ破れた袖をそのままにしておくのはなんだか落ち着かなくて、「わたしでよければつくろいますから、スーツを脱いでください」と言った。

その男性はスーツの上着を脱いで渡し、わたしはいつも持ち歩いている裁縫セットでそれをただひたすらに縫っていた。

「あなたが縫っているあいだ、その男はあなたを口説いていたんですが、あなたは『そういうの興味ないんで』ってずっと縫い物をしていましたよね。その姿がいかにも男慣れしていなくて、なんだかおもしろくてかわいらしくて。それで印象に残っていたんです」

「あ……は、はあ……そうなんですか」

確かに口説かれることに慣れていなかったわたしは、必死で縫い物に集中してやりすごしたのだった。

面白いから印象に残ったというのは少し納得がいくかもしれない。ほかの女性なら多少なりとも口説いてきている男性と話をしたりするものかもしれないと思うから。

かわいらしくて、とつけたしてくれたのはきっと社交辞令だろう。それでも言われ慣れていないわたしには、心臓に悪い。ちょうど注文したコーヒーがきたのをいいことに、ぐいっと一息に飲み干そうとする。苦みが口いっぱいに広がって、むせかえった。

「大丈夫ですか？」

十六夜さんがティッシュを取り出してくれたのを慌ててことわり、自分のバッグからティッシュを取り出し口元を拭《ぬぐ》う。

　十六夜さんはティッシュをしまいながら、くすりと笑った。

「苦いの、苦手なんですね」

「ふ……普段はミルクをたくさん入れます。沖安くんにはお子様舌《じた》ってよくからかわれてます」

　不本意ながら正直に白状すると、十六夜さんはふふっと笑う。

「お子様舌、かわいいじゃないですか」

　そうかわいいかわいいと何度も言われると、本当に褒められている気になってしまう。なんだか顔が熱くなってきた。

「まあ、今回婚約者の役をお引き受けした理由はそれだけではないのですが」

「あ……ど、どんな理由ですか？」

　顔に手を当てて火照《ほて》りを冷やしながら、尋ねてみる。

　十六夜さんは、穏やかな笑顔のまま今度は自分の事情を話してくれた。

「まあ、だいたいはあなたと似たようなものです。実家がわりと名のある家でして、いいかげん恋人を連れてこいとか言われておりましてね。それに、セックス目的や見た目だけで近づいてくる女性にはうんざりしていたところでしたので。言い方が悪いですが、あなたはちょうどいい女よけにもなるんですよね」

「せっ……!?」

セックス目的とか、そんなことそんなきれいな顔で言わないでほしい！　口調が穏やかだからほかのお客さんに聞こえていないみたいだったけど、そういうことは普通口に出さないものなんじゃないだろうか。

そういう言葉自体にも免疫のなかったわたしは半ばパニクり、つい尋ねてしまった。

「そ、そういうこと、お上手なんですか？」

聞いてから、激しく自己嫌悪した。そんなこと聞いてどうしようっていうんだ、わたし！

けれど十六夜さんは気を悪くしたふうでもなく、さらりと答えてくれる。

「うーん、自分ではどうなのかわからないですけど。職業柄、うまいと思われがちなことは確かですね」

「職業柄？」

「龍己から聞いていませんでしたか？　私、官能小説家なんです」

かんのう……しょうせつか？

あまりのことに、思考が一瞬停止する。

「官能小説家って、あの……その……」

「エッチなことを書いて生計を立てています」

にっこりとダメ押しのように微笑まれ、その美しすぎる見た目と言葉の内容のギャップにくらくらした。

「そういう生業《なりわい》の男は、婚約者の代役として不合格ですか？」

そう尋ねる十六夜さんの薄茶色の瞳が少し淋《さび》しげな気がして、わたしは慌ててかぶりを振った。

「いえ、ちょっとびっくりしただけです。わたし、読書が好きなので今度読んでみたいと思います。どんな小説も読む人がいるからそういう職業が成り立っているわけですし」

わたしはバッグから愛用の手帳とペンを取り出す。

「筆名を教えていただけますか？　今日用事が済んだら、本屋に寄ってみます」

「宵野椿《よいのつばき》です。男性向けの官能小説なので、慣れていないとちょっとびっくりしますよ」

「宵野椿……ですね」

さらさらと手帳に書き留めながら、ん？　と思った。

宵野椿って、めちゃくちゃ聞いたことがある。というか、わたし絶対その作家の本を読んだことがある。

だけど、わたしの記憶違いかもしれない。そろそろと顔を上げ、聞いてみた。

「あの……もしかして宵野椿って、『桜の中で貴女《あなた》を抱いて』で映画化もされた、あの宵野椿……ですか？」

すると十六夜さんは、笑顔のままうなずいた。

「そうです。その宵野椿です」

やっぱり！　わたしが知っている宵野椿と一緒だった！

宵野椿といえば書くのは確かに男性向けの官能小説ではあるけれど、文章も内容も女性が読んでもきゅんとくるようなもので、かなりの有名人なのだ。去年の春には代表作である「桜の中で貴女を抱いて」が映画化され大ヒットし、海外からの評判もいい。男性向けのはずなのに女性も心を打たれる物語を書いていると評判がすごかったから、わたしもその作品は先日読んだばかりだった。

「読みました、『桜の中で貴女を抱いて』！　映画もレンタル開始されてすぐ借りて見ました！　確かにそういうシーンもたくさん出てきましたけど、官能小説であれだけ人を泣かせるってすごいと思います！」

一転して興奮したわたしは、テンションが上がりまくりだ。十六夜さんは少し驚いたように目を見開いてから、ふっと笑った。

「あなたも読んでくださったなんて、うれしいです」

「ほかの作品も絶対読んでみます！　楽しみです！」

「ありがとうございます」

十六夜さんは丁寧に頭を下げる。

「まあ、そんなわけで『官能小説家だからきもちよくしてくれるだろう』とそれだけが目的で寄ってくる女性も少なくないんです。本当に、そういうのにうんざりしていて」

「あ……はい」

そうだ、そういえばそういう話をしていたんだった。

わたしは少し気持ちを落ち着かせ、考えてみる。

「確かにそう思い込まれてそれだけが目的で『つきあってくれ』って言われたって、心は動かないですよね。恋のきっかけにはなるかもしれませんけど、どうせだったら自分の中身を好きになってもらいたいですし」

「恋のきっかけ、ですか」

「はい。なんでもそうですけど、なにがきっかけでどう運や縁が転がるかわからないじゃないですか。わたし恋愛経験はほとんどないですけど、恋もきっとそうだと思います」

「……なるほど」

十六夜さんは少し真顔になり、なにか考え込んでいた。コーヒーをむせることなくこくり、こくりと飲み干すと、ふと腕時計に目を留めた。

「あまり遅くなってもご両親を心配させてしまいますね。そろそろ打ち合わせに入りましょうか」

「あ、はい」

十六夜さんとわたしは、それから少しのあいだ話し合った。

これから両親に会うにあたり、いつ出逢ってどうやってつきあうことになったのかなど、簡単に打ち合わせをする。

そういえばと手土産の存在を思い出して十六夜さんに手渡すと、彼は穏やかな微笑みをくれた。

「ありがとうございます。どら焼き、大好物です」

そして十六夜さんの車に乗って、病院に向かう。

今日婚約者を連れていくからと伝えていたのだけれど、十六夜さんを連れて病室に入ったときの両親の喜びようといったらなかった。

ふたりとも顔を輝かせ、早くも孫の顔を見たかのようににこにこしている。

父はぎっくり腰ということを一瞬忘れたように起き上がろうとするし、母は事前に買っておいたらしいホールケーキを十六夜さんのぶんだけかなり大きく切り分ける。

「お母さん、そんなに食べきれないから！　十六夜さん糖尿病になっちゃうから！」

慌てていさめたけれど、十六夜さんは快くケーキのお皿を受け取ってくれた。

「甘いもの大好きなので、大丈夫ですよ」

十六夜さんていい人だなと実感しつつ、父のベッドの周囲に椅子を並べ、わたしは改めて十六夜さんを紹介する。

「こちら、十六夜紫苑さん。会社の同期の紹介で、一年くらい前からおつきあいさせていただいています」

「改めまして、十六夜紫苑です。よろしくお願いします」

十六夜さんがお辞儀をすると、お父さんもお母さんもじんわり感動したようだった。

「こんなきれいな人がつぐみをもらってくださるなんて、感激だわ」

「どんな見た目だって、つぐみを幸せにしてくれるなら文句はないよ。長生きしてみるもんだなあ」

職業は、結婚はいつか決めているのかなど、うるさく聞かれると思っていたのに、そうでもなかった。聞きたそうではあったのだけれど、「あんまりうるさく言ってふたりの仲がぎくしゃくしたら元も子もないから」と我慢してくれたようだ。

十六夜さんもわたしと会う前にお見舞いの栗ようかんを用意してくれていて、甘い香りだらけの病室で歓談した。

お父さんもお母さんも我慢していたのに、十六夜さんは自分から「結婚はもう少しお互いの気持ちが寄り添ってから折を見て」と言ってくれて、自分の職業についてはへたに正直に言ってお母さんたちをがっかりさせてはいけないと、打ち合わせどおり「文筆業」とだけ打ち明けてくれた。

お父さんもお母さんも十六夜さんの職業についてよりわたしとの将来のほうにやっぱり興味があるらしい。十六夜さんが結婚の見通しの話を出すと、「子どもはお好きですか？」とか

「結婚するとしたら新居も決めておかないと」とか言い出し始めた。

はらはらしたけれど、十六夜さんは気分を害したふうでもなく、「ええ。子どもは大好きです」「新居のめどもだいたいついています」とさらさらと答えを返していた。

約一時間そんな話をして、十六夜さんとわたしは両親と別れ、病室を後にした。面会は一時間くらいと決めていたのは、それ以上話したらぼろが出るんじゃないかと心配したからだ。十六夜さんは「もう少し大丈夫ですよ」と言っていたのだけれど、「万が一のこともあるかもしれませんから」とわたしがごり押しで決めていた。一時間でも長すぎるくらいはらはらした。

十六夜さんの車で家まで送ってもらいながら、わたしはほっと息をついた。

「すみません、わたしいままでほんとに男っ気なかったから、お父さんもお母さんも舞い上がっちゃって……あれでも相当我慢してたと思うんですけど」

「いいえ、娘さん思いのいいご両親じゃないですか」

そう言われると、おせじでもうれしい。

「……はい。年を取ってからの子だからだとも思いますが、かなり甘やかされて育ちました。でも、自慢の両親です」

「甘やかされたにしては、あなたはずいぶんしっかりまっすぐ育ったと思いますが」

「まっすぐっていうより、ただまじめなだけです。まじめって言うとよく聞こえますが、わたし《の》場合融通《ゆうずう》がきかないっていうか」

自分自身のことを誉《ほ》められるのはやっぱり慣れていなくてくすぐったい。照れくさくなって下を向いていると、ふと尋ねられた。

「これからつぐみさんは、婚活を始めるんでしたよね？」

「あ……はい。そのつもりです」

「めんどくさくありませんか？」

「え？」

「婚活って、けっこうめんどくさいですよ。知らない人に一から自分を知ってもらってっていうの」

「うーん、まあそうなんですけど……やっぱりもうそろそろ結婚を考えないとって思いますし」

「それなら、本当に私と結婚を前提におつきあいしてみませんか？」

「えっ？」

一瞬なにを言われたのかわからなくて、十六夜さんを凝視してしまった。

十六夜さんはといえば、涼しい顔でハンドルを切っている。口元に微笑みを浮かべてはいるけれど、冷静そのものだ。

「これもなにかの縁です。つぐみさんもさっきカフェで言っていたでしょう、なにが縁になるかわからないって。恋愛に発展するかはともかく、私とつぐみさんがおつきあいをするのはお互い利益にもなると思うんですが」

確かに本当に十六夜さんとそういうことになったほうが、両親も喜ぶだろう。今日だってあれだけ喜んでくれていたし、これで一度「十六夜さんとの結婚がだめになった」と言うのもなんだか心苦しい。まあ心苦しくなるのを覚悟でこの計画を立てたのだけれど、十六夜さんがそう言ってくれるのならこれ以上ないことだと思う。

「あの、でも……十六夜さんはわたしでいいんですか？　十六夜さんだったらほかにいくらでもいい条件の女性を選べると思うんですけど……」

「言ったでしょう、もういままでのような女性はうんざりだって。残念ながら私に寄ってくる女性はみんなそういうことしか頭にないんです。見た目とかきもちよさとか、自分にプラスになることとしか考えていない。私を高級ブランド品かなにかと思っているんですよ」

でも、と十六夜さんは車を停《と》める。きれいな顔がこちらを向いて、ドキッとする。

「でも、あなたはいままで私の周囲にいなかったタイプです。私と結婚してくださったら、奥さんとして一生幸せにします。……だめですか？」

「あっ……そんな、だめだなんて」

こんなふうに優しく言い寄られたことなんてなかったから、ドキドキしてしまう。不必要に眼鏡を押し上げながら、慌てて居住まいを正した。限界まで向かい合わせになろうとしたから、シートベルトが引っ張られてきゅっと鳴る。

「こちらこそ……わたしでよろしければ、これからもよろしくお願いします」

顔を熱くしてそう言うと、十六夜さんはふわりと笑った。

「じゃあ明日、またお会いしましょう」

「えっ……明日？」

「ええ。明日もあなたの会社、お休みでしょう？」

きれいな笑顔のまま、十六夜さんは続けた。

「デートしましょう。今度はちゃんと、恋人として」

おつきあいには、まずデートでしょう？　と。

第二章

家の中に入っても、わたしはまだぼうっとしていた。

昨日から、怒涛《どとう》の展開が続いていて頭がついていけていない。

お父さんがぎっくり腰になって、偽物《にせもの》の恋人として十六夜さんを紹介して、だけど本当に十六夜さんとつきあうことになって……明日、デートすることになって――。

そう、デート。デートだ。

わたしは急いで洗面所に入り、鏡の中の自分をチェックする。

黒縁眼鏡は仕方がないとして、化粧っ気のない顔、ほぼざんばらの髪、色気のないスーツ姿。いけない。これはよろしくない。いくらなんでもやばすぎる。

いくらわたしが恋愛経験がほとんどない堅物まじめ人間でもわかる。このまま明日十六夜さんとデートをすることになったら、確実に十六夜さんに恥ずかしい思いをさせてしまうことになる。それは絶対にだめだ。

こんなわたしにつきあってくれた。自分の事情と折り合いがつくとはいえ、両親の前で演技をしてくれた。そんな十六夜さんが本当に恋人になってくれるというのに、デートをしてくれるというのに、恩をあだで返すことになる。

わたしは大学時代の数少ない親友の結菜《ゆいな》に電話をかけた。

結菜は別の会社のOLだったけれど、去年寿《ことぶき》退社した。いまは専業主婦で、この時間は比較的手が空《あ》いているはずだ。

しばらくのコール音のあと、鈴を転がすようなかわいらしい声が聞こえてきた。

『もしもしつぐみ？　すごい、久しぶりだねー！』

「ゆ、結菜、落ち着いて聞いて」

『うん？　どうしたの？』

「あ、あの、あのね、わたしあの、明日デ、デートなんだけど」

『おおっ！　つぐみ彼氏できたんだ⁉　やったじゃん！』

結菜は喜んでくれたけれど、わたしは「どうしよう」と動揺がやまない。人に言って改めて実感がわいてきた。いまから緊張して携帯を持つ手がぷるぷる震える。

「あ、あの、それで、それでね、わたしなにからしたらいいのかな」

『うん、つぐみ。まずつぐみが落ち着こうか』

結菜はわたしのテンパり具合を的確に読み取ってくれたらしい。いち早く冷静な声色《こわいろ》になり、ゆっくりゆっくりわたしの話を聞いてくれた。

動揺してはいたけれど、十六夜さんのプライバシーの問題だと判断し、職業は彼が病院で両親に言ったように文筆業とだけ説明した。見た目がいいのとエッチがうまいという噂《うわさ》の一人歩きのせいで、十六夜さんの周囲にあまり彼の内面を見てくれる女性がいないのだとも。

官能小説家ということを話さないのであれば、そのへんも少し事実と曲げて話さなくてはならなかった。

ようよう話し終わったころには、わたしもほんの少し震えが止まる。

『なるほどねぇ。つぐみとおつきあいを始めるのは、その十六夜さん？　の利点でもあるわけよね。そこはそのほうがこっちもかえって安心するかな』

「そ……そういうものなの？」

『うん。へたに「あなたのことが気に入ったから」とか出逢って間もないのにそんな理由だけでつきあい始めたんじゃ、裏になにかあるんじゃないかって疑っちゃうよ』

たとえば結婚詐欺とかさ、と結菜は言う。

言われてみれば、確かにそうかもしれない。甘い話ほど裏になにかありそうだ。

『まあ十六夜さんはそうじゃないと仮定して。相手が誰でも、仮にもデートならいつものつぐみのかっこうだと確かにまずいね。相手の顔を立てることも大事だけど、せっかくなんだしつぐみも磨きをかけないともったいないよ』

「そ……そうかな」

『いまも行きつけの美容院とかないの？』

「うん、ない」

『じゃ、わたしの行きつけの美容院教えるから、まずそこの予約を取ろうか。まずその髪をどうにかしよう』

「わ、わかった」

『服もこの際だから見栄《みば》えのするものひとそろい買ったほうがいいよ。いまから時間とれる？　今日は旦那が出張で夕ご飯の心配する必要ないし、よかったらつきあうよ』

「ありがとう……！」

少なくともわたしよりおしゃれな結菜にアドバイスがもらえるのはありがたい。

美容院には結菜が電話をかけてくれ、幸い一時間後に予約が取れた。そのあいだに夕飯の準備を手早く済ませてしまう。

入院してから、お母さんはお父さんのことがとても心配らしく、できる限り病院でお父さんと過ごしている。せめてもとそのあいだ、わたしが家事をやるようにしていた。いままで家事はほとんどお母さんに任せきりだったから、こんなときくらいはしてあげたい。仕事をしているからと家事手伝いを怠ってきたことも、今回ふかく反省していた。

今日はいつにもまして寒いから、鍋にする。石狩鍋《いしかりなべ》風にするとお母さんが喜ぶから、それを作った。ダイニングテーブルの上に「明日十六夜さんとデートなのでいろいろ買い物してきます」と走り書きのメモを置いておく。

お母さんからしてみたら、いままでわたしは十六夜さんとたくさんデートをしてきただろうにおかしいと思うだろうか。いや、両親に紹介する段階まできたんだし、わたしも本気になったんだと思ってくれるかもしれない。

わたしは車を運転できないので、免許を持っている結菜が迎えにきてくれた。

美容院につくと、結菜は男性の美容師さんにいろいろ注文をつける。美容師さんはわたしの髪型を真剣に見つめながら結菜と話をし、わたしにも「あなた自身のご希望はございませんか」と聞いてくれた。

おしゃれ関係に無縁の人生を送ってきたわたしは、慌てて、

「ないです、もうほんとにセンスのかけらも持っていないので……すべてお任せします」

とかぶりを振った。

椅子に案内されるとき結菜が耳元で、

「トップスタイリストに頼んだから、安心して任せて大丈夫だからね」

なんて言ったから、髪をいじってもらうあいだずっと恐縮したり緊張しっぱなしだった。

美容院自体も何年ぶりかだし、男性の美容師さんに頼んだことなんてないし、なによりトップスタイリストなんて別世界のことだったからむりもない。

目の前の大きな鏡を見るのもなんだか気恥ずかしくて落ち着かなかったけれど、みるみるう

ちに自分が変わっていく。少し毛先をそろえただけでもかなり清潔感が出るし、それだけでもぜんぜん違う。

できあがった髪型は元のわたしのまじめな雰囲気をちゃんと残していて、多かった髪をすいたおかげか明るい感じになった。清楚《せいそ》な感じも出ていて、パッと見わたしがわたしでないようだ。

「すごい……やっぱり自分の手で切っただけと違うんですね」

当たり前のことを感動してつぶやくと、美容師さんは、

「まあ、これで食べていっているので当たり前です。久々にやりがいがあって楽しかったですよ。ほんとにきれいでかわいくなりましたね」

とほほえましげに笑ってくれた。

きれいでかわいくなったというのは絶対商売だから言ってくれているのだろうけれど、その心遣いがうれしかった。なんだか、久しぶりに女性として扱ってもらえた気がする。

そしてそこでそうか、と気づいた。

わたしが十六夜さんにドキドキするのって、十六夜さんの見た目がいいからとかじゃ、ない。もちろんそれもプラスアルファであるだろうけれど、根本にあるものが違う。

十六夜さんは、わたしのことをちゃんと女性として扱ってくれた。だからこんなにドキドキするんだ。

もちろん婚約者のふりをしてくださいと頼んだからそうしてくれたのだろう。それはわかっている。けれど、わたしをそんなふうに扱ってくれた男性はいままでいなかった。それも確かな事実で——。

元カレも女性扱いというよりは、わたしのことを「自分のもの」としてふるまっていた感じだった。

十六夜さんは、そうじゃない。

十六夜さんが女性慣れしているというのもあるだろうけれど、そこは素直にうれしかった。そのあと結菜はいろいろ行きつけのブティックやデパートなんかをまわり、なるべく安めで、そして自分の好みというだけでなくちゃんとわたしらしさも考えた服を選んでくれた。

ひざ丈のスカートなんて久しぶりで、「履くときはつぐみなら黒のタイツかストッキングが合うと思うよ。きっと色気が出るよ」と言ってくれた。

いや、色気なんてそんなもの十六夜さんだって求めていないだろうしそこは出さなくていいと思うのだけれど。わたしの会社は私服ＯＫなところでいつもジーンズだったから、ちょっと心配になってくる。

おせじにもスタイルがいいといえないわたしは、ふくらはぎが目立つだけでも恥ずかしいし落ち着かない。まったく自信がない。

だけど「絶対大丈夫だから」と太鼓判を押してくれた結菜を信じることにした。

化粧品もこの際だからと高いけれどいいものを買った。これも結菜がおすすめしてくれたものだ。

「つぐみは肌が白いから、がっつり濃いめのものより淡い色のほうが合うと思うよ」

そうアドバイスを受け、ちょっと淡い色の口紅にした。ファンデーションや眉の手入れ用品もひとそろい買い、眉はどういうふうにして整えたり書いたりすればいいかということも店員さんが丁寧に教えてくれた。

さすがに眉を書くのは自信もなかったけれど、あの十六夜さんの隣で歩くのだと考えると、なんの手入れもしていない眉が恥ずかしい。眉毛用のはさみも買ったけれど、うまく切れるだろうか。細かいところは剃《そ》ればいいということだったけれど、とりあえずやってみるしかない。練習したくてもその時間もないし、一発勝負だ。

結菜と別れてから家に帰ると、お母さんが病院から戻ってきていた。

「お母さん、お鍋食べてなかったの？」

「つぐみと一緒に食べたいなって思って」

にこにこと、お母さんは上機嫌だ。

「お鍋ってひとりで食べたってうれしくないでしょ？」

「うん、まあそうだけど……だったら携帯に連絡くれたらもっと早く帰ったのに」

「いいのいいの。つぐみがおしゃれしようと思ってくれたなんて、すごくうれしいことだから。

これも十六夜さんのおかげよね。つぐみがこんなにいい方向に変わったっていうことは、十六夜さんとはいい恋をしているのね。お母さん、安心したわ」

わたしはまだ恋をしているわけではないけれど、いい方向に変わったとお母さんが思ってくれているのならなによりだ。それに、ドキドキはしているから確かに恋の始まりかもしれない。

うん。どうせ結婚を前提におつきあいするのなら、恋をしたほうがいい。

できる限り、わたしはわたしなりに十六夜さんを好きになってみよう。

本当にいい恋だと自覚するくらい、彼のことを好きになろう。

そう思うと、なんだか気分も高揚してきた。

お母さんと一緒に食べるお鍋も、いつもよりもおいしく感じる。

この場にお父さんがいてくれたら、きっともっとおいしいだろう。

結婚がこんなにいいものなら。恋がいいものなら、早くすればよかった。しようと努力してみればよかった。

少しそんなことも思ったけれど、明日のデートのことを思うとそんなことも吹き飛んだ。

まるで子どものころ遠足が楽しみだったときのように、その夜はなかなか寝つけなかった。

＊＊＊

枕元に置いておいた携帯のアラーム音で、目が覚めた。

明け方にうとうととしていたことはぼんやり覚えている。あれから少し眠れたらしい。

まだぼうっとしながら携帯の時計を確認して、一気に目が冴《さ》えた。

「十一時半⁉」

予定していた時間より二時間も遅い！

十六夜さんとの待ち合わせが、十二時だった。完全に間に合わない。

昨日はいつものスーツ姿にちょっと口紅を塗っただけだったから、そのかっこうであればいまからでもじゅうぶん間に合っただろう。だけど、今日はわけが違う。

できるなら起きたら髪を洗ってきれいに手入れして、それから顔のお手入れも。眉を整えて昨日店員さんに教えてもらったようにお化粧をして――。その、予定だったのに。

慌てて飛び起きて、洗面所に向かう。朝ごはんというかもうブランチの時間だけれど、なにか食べている暇なんかもちろんない。

鏡を見て、愕然《がくぜん》とした。寝癖がついてる！

美容院でせっかくカットしてもらった髪が、ばっちりあちこちにはねてしまっている。すぐにでも髪を洗って直したいけれど、あと三十分でそれは間に合いっこない。

急いで顔を洗って歯を磨き、寝癖がついている部分を濡らしてドライヤーでなんとかしてみようとしてみたけれど、直らない。この時点で時計を見たら、待ち合わせ時間を十五分すぎていた。

そうだ、先に十六夜さんに「少し遅れます」って言っておかなくちゃ！　必死になっていて気が回らなかった！　せっかく連絡先を交換しておいたのに、これじゃ意味がない。

慌てて洗面台の上に置いておいた携帯を手に取ると、電話とメールの着信の表示があった。どちらも十六夜さんからで、ついさっききたばかりのようだ。マナーモードにしていたから気づかなかった！　本当に、重ね重ね申し訳がない！

メールには、

『いま待ち合わせのカフェにいます。あなたのぶんもなにかあたたかいものを注文しておきましょうか？』

と書いてある。

へたに「遅れてるけどどうしたんですか？」とか言わないのは十六夜さんがおとなな証拠なのだろう。けれど言われないぶん、なおさら申し訳がない。

急いで電話をしてみたけれど、十六夜さんは電話に出ない。どうしよう、怒ってしまったんだろうか。

『すみません、四十五分前に起きました！　完全に寝坊です！　少し遅れます！』

正直にそうメールしておき、準備しておいた服に着替える。

眉を整えるなんてこともできず、昨日購入した口紅だけを急いで塗った。

バッグも昨日一緒に買っておいたおしゃれなものだし、中身はゆうべのうちに準備しておいた。玄関に出しておいたブーツを履いているところで、チャイムが鳴った。

もう、こんなときにいったい誰だ！　なにかの勧誘とかだったら八つ当たりしてしまいそうだ。

勢いよく玄関の扉を開けると、そこには黒のカジュアル系なセンスのある服に身を包んだ十六夜さんが立っていた。和服でない彼もすごく魅力的で色っぽくて、こんなときでなかったら絶対見惚《みと》れてしまっていたと思う。

「えっ……十六夜さん？　どうしてここに」

間抜けな声になってしまうわたしに、十六夜さんはにっこり微笑んだ。

「迎えに来ました。そのほうが早いでしょう？　というか、すみません。デートなんですから、最初から私が迎えにくればよかったですね」

「あっ……ありがとうございます！」

慌てて頭を下げると、リビングからお母さんが顔を出した。

「あら、十六夜さん！　迎えにきてくださったの？」

「はい。正式に結婚を前提にということになりましたので、あつかましいですが。今日はお嬢さんをお借りしますね」

そつのないすらすらとした口調に、ぼうっと魅入られてしまう。お母さんはもうすごくテンションが上がって、「どうぞどうぞ！　何日でも借りていってくださいな！」なんて言い出す始末。

これ以上お母さんが変なことを言い出さないうちにと、わたしは急いで「いってきます！」と家を出た。

門の前には昨日とおなじ黒い車が停められており、十六夜さんは「どうぞ」と助手席のドアを開けてくれた。昨日もそうしてくれたのだけれど、改めてさりげなくそんなふうにされるときゅんとしてしまう。十六夜さんを意識しているからだと思うけれど、昨日と恥ずかしさの度合いが段違いだ。だってこんな扱い、まるでどこかのお嬢様にでもなった気分だ。

「今日はずいぶんきれいでかわいくしてくださったんですね」

運転しながらそう言われて、そんなこと言われ慣れていないわたしはますますドキドキする。

「は、はい。一応……デートなので」

「その髪型も服もいいですが、やっぱり元がいいんでしょうね。清楚でかわいらしい」

「あ……ありがとうございます」

社交辞令とわかっていても、恥ずかしくてたまらない。

それに、やっぱり……うれしい。十六夜さんは女性慣れしているからそんなこと簡単に口に出せてしまうのだろうけれど、それでも胸の奥がくすぐったく幸せな気持ちになる。

こんな気持ちになるのは初めてで視線をあちこちさまよわせていると、十六夜さんはくすりと笑った。

「慣れていないのにがんばっておしゃれしてくれたんですね」

「あ、はい、あの、まあ……」

「ゆうべは寝つけなかったんですか?」

「はい、ちょっと緊張して……」

「それは光栄ですね」

本当にこの人は、どこまでおとななんだろう。恥ずかしくてたまらなくなり、慌ててしまう。

「あの、でも明け方くらいにはちゃんと眠れました。もうぐっすりでした」

「ええ、それはそのしっかりはねた寝癖でわかります」

「あっ……こ、これは……!」

そうだ、寝癖のことをすっかり忘れていた！　誉められて照れていい髪じゃない！　寝癖をばしばしにつけながら赤くなっても滑稽《こっけい》なだけだ！

今度は違う意味で恥ずかしくなってしゅんとしていると、十六夜さんはふふっと笑った。

「それがいいんじゃないですか。いままでの女性とぜんぜん違う」

「そ……うでしょうか」

そんなこと、あるわけがない。こんなわたしが十六夜さんの知る女性たちよりいいだなんて、絶対おせじだ。わたしの気を悪くしないように、わたしが気にしないようにと気遣ってくれているだけだ。

うつむいてしまったわたしは、やがて車が停められて初めてあれっと思った。てっきり待ち合わせ場所のカフェでそのまま昼食をとると思っていたのに、ここは市内の「つるのいと」という高級料亭だ。そういう場所に縁がないわたしでも情報として知っている。

「さ、降りてください」

エスコートされ車を降りながら、聞いてみる。

「あ、あの……ここでお昼ごはんですか？」

「はい。行きつけのところなので、急な予約でもとっていただけました」

「わ、わかってたらわたし……ちゃんと準備してきたんですけど」

「うん？　大丈夫、入ってもおかしくない服装ですよ？」

そうじゃなくて、もっと根本的な問題がある。お財布は持ってきてあるけれど、その中身がやばいくらい少ないのだ。待ち合わせのカフェのワンプレートくらいの値段だったら出せるけれど、ぎりぎりそれくらいだ。

もちろん貯金は老後のためにと働き始めのころからためてあるけれど、月々の予算はきちんと決めてある。それ以上、それ以外のお金は持たないことにしているのだ。

自由にできるお金は昨日服や化粧品を買ったり美容院費にほとんど消えてしまったし、二月は始まったばかりだというのに早くも懐《ふところ》が寒い。なのにこんな料亭のひとりぶんなんて出せるはずもない。

「あ、あの、わたし手持ちがあまりないんですけど……」

申し訳なく思いながら恐る恐るそう打ち明けると、十六夜さんはまたくすっと笑った。

「結婚を前提につきあっていて、しかもじゅうぶんな貯蓄もある恋人の男性相手に割り勘とか、あまり考えないことですよ」

「そ、そうなんですか？」

「少なくとも私の知る女性たちはそうですね」

「それは……」

それは、一般的ととってもいいんだろうか。それとも、十六夜さんの周りの女性が少ししっかりというかちゃっかりしているとか、そういうことなんじゃないだろうか。

どちらにしてもそれを十六夜さんに言い返すのは十六夜さん自身に失礼な気がして、押し黙る。

十六夜さんは目元を和《なご》ませると、わたしの背中にそっと手を添えうながした。

「今後、私との交際費はすべて私が持ちますから気にしないでください。もちろん結婚後もおなじくです」

「そ、それはさすがに申し訳ないです！」

慌てて顔を上げたけれど、にっこり微笑まれた。

「まあ男性に出してもらうのが苦手な女性もいますけどね。私が古い考えの人間で、そういうのが許せないだけなんですよ。あとで請求したりなんかしないし対価なんて求めませんから、本当に安心してください」

そんな、対価とか請求とか元からそんなこと考えていないのだけれど。

そう言った十六夜さんの薄茶色の瞳が淋しそうに翳《かげ》っていた気がして、わたしはおとなしくお店に入った。

……十六夜さん、女性にあまりいい思い出がないのかな。いや、昨日から聞いた感じだと絶対そんな感じがする。まあわたしも元カレくらいしか異性のことをよく知っていたわけではないし、そこは突っ込めない。

なにかへたに口を出したりしたら、十六夜さんを傷つけてしまいそうで恐かった。

料亭の中はおいしそうな香りでいっぱいで、個室に入って十六夜さんが店員さんに注文をしたあと、すぐお腹《なか》が鳴ってしまってまた恥ずかしい思いをすることになった。

だけど十六夜さんはやっぱりおとなで、穏やかなままだ。

「寝坊したならもしかして朝食もまだでしたか？」

「あ、はい……なのでいっぱい食べられそうです」

「はい、いっぱい食べてくださいね。ここ、いま注文したカニ料理が一番おいしいんですよ」

「カニ、大好きです！　うれしいです！」

思わずテンションが上がってしまう。勢い込んでそう言うと、十六夜さんはくすくす笑った。

「私もカニ、好きです。基本和食が好きですね。今日はこんな服装ですが、普段も和風のもののほうが好きで着物ばかり着ています」

「すごく似合っていると思います。着物もこっちの服も、どっちも十六夜さんの魅力が出ていて……あ、次のデートからはわたしも十六夜さんに合わせた和風な服のほうがいいでしょうか？」

「いいえ、そこまで要求しません。好きな服装で大丈夫ですよ。私も初めてのデートに着物で行くのもなんだなと思って今日はこういう服にしただけですし」

もしかしてもしかしなくても、一般的なデートの服装をと気遣ってきてくれたのだろう。そんなところもうれしくて、ふっと心が軽くなる。なのにずっと心臓がトクトク鳴っていてくすぐったいから不思議だ。

恋の前兆って、もしかしたらこんなものなのかもしれない。

それを考えたら、わたしは元カレに恋をしていなかったんだなと思う。あのときはこんな感じまったくなかったし、元カレにつきあってくれと言われて断る理由もなかったから承諾しただけだった。考えてみたら、元カレに対して失礼だったなと思う。そこはわたしの反省すべきところだ。

料理がくるまで、これからの話を少しした。

「私の両親にも、もうあなたのことを話してあります。いつ一緒に暮らしてもいいと言われてもいますし、今度の週末あたりお時間とれますか？」

「はい、空いています」

「では、今度はあなたを両親に紹介させていただきます。ちゃんと話を合わせてくださいね」

昨日あなたのご両親に話した感じでいいので、と言われ、ちょっと緊張しつつも「心しておきます」と真剣にうなずいた。十六夜さんは、なぜだかすごく楽しそうに「お願いします」と笑った。

わりと名のある家柄と聞いてはいたけれど、十六夜さんのお父さまは大手企業グループの会長さんで、元は茶道の家元の家系らしい。お茶や和菓子を中心とした会社をいくつも持っていて、そのブランド名はわたしもよく知っていた。

というか、昨日わたしがどら焼きを買ったお店もその系列だ。

「あの、それなら昨日言ってくだされればよかったのに……」

なんとなく申し訳がなくてそう言うと、

「あのときは本当におつきあいを始めるとはしっかり決めていませんでしたしね。でも、知らずにうちで作っている和菓子のファンだと知ることができてうれしかったですよ」

と、微笑んでくれた。

十六夜さん自身も、自分のところの和菓子が一番好きなのだそうだ。

大手企業グループの息子さんというのもすごいけれど、茶道の家元というのもすごい。なのにぜんぜん鼻についた態度なんてこともなくて、十六夜さんこそいい育ち方をしたんだなと思う。

ご本人がしているお仕事といい、いろいろとわたしの住む世界と違うんだなと感慨を覚える。

本当にこんなにすごい人と、わたしおつきあいしていけるんだろうか。わたしはこんなに平凡なのに、愛想をつかされたりしないだろうか。

でも、そうか。十六夜さんが和食や着物など和風なものを好むのは、そういう家柄も影響しているのかもしれない。

カニ料理は本当においしくて、いつもの何倍も食べてしまった。朝ごはんを食べていなかったせいもあると思うけれど、これはおいしすぎだ。

一年に一度、自分の誕生日に毛ガニを東北のほうから取り寄せることにしているのだけれど、それよりもかなりおいしいカニだった。今回食べたのは本たらばで、カニの種類が違うから人の好みにもよるかもしれないけれど、ばっちりわたし好みの味だ。カニすきにお刺身、カニグラタンとサラダもミニサイズのがついていたのだけれどどれも絶品だった。

それを言うと、十六夜さんは「これからはカニを食べたいときはいつでも言ってください。いつでも連れてきます」と微笑んでくれた。うっかり「はい！」と返事をしてしまったけれど、きっとお値段はすごいことになっていると思い出し、カニのことはなるべく口に出すまいと決めた。十六夜さんはいい人だし、うっかりカニを食べたさそうなことを言ったら絶対約束を守ってくれるだろう。いくら十六夜さんがお金に困っていない人だとはいえ、そういう問題とも違うと思う。

デザートに出たメロンのプリンアラモードも外さない味で、すっかり満足した。

「これから買い物でもしようかと思っているんですが、ほかにどこか行きたいところがありますか？　映画とか見たいのがあればおつきあいしますよ」

そう言われ、ふと思い出した。

「そういえば、わたしまだ十六夜さんの本探してません」

昨日あれから結局本屋に行けていなかった。急にこんなことになり、それどころではなかったのだ。

「一冊読んでいただけているんでしょう？　それでじゅうぶんですよ」

十六夜さんはそう言ってくれたけれど、わたしはきっぱりかぶりを振った。

「いえ、せっかく十六夜さんが書いた本ですし、読んでみたいです。宵野椿がほかにどんなものを書いているのか気になるのも本当ですし」

それは本当だったからそう言ったのだけれど、十六夜さんはちょっとはにかむように微笑んだ。

「ありがとうございます」

この人、こんな表情もするんだ。いつもおとなな雰囲気なのに、こんな顔をするとすごくかわいらしい。なのにどこか色気もちゃんとあるのだから、ずるいと思う。

街で一番大きな本屋に連れて行ってもらうと、ふたりで本を探した。

「たぶんこのへんにあると思うんですけど」

十六夜さんが言ったカテゴリに行くと、あるどころじゃない。宵野椿専用コーナーまでできていて、ドンとたくさん平積みされていた。種類も、本当にたくさん。

表紙は男性向けの官能小説というだけあって、かなりきわどいものもあったけれど、どれもどこか品がある。十六夜さんの書く内容に合わせて編集さんが考えているのかもしれない。

ためしに一冊手に取り中を開いてみると、出だしからいきなり濡れ場でどきりとした。

「それはわりと控えめかもしれません」

「控えめ？」

「エッチシーンが」

「あっ……そ、そうなんですね」

背後から耳元でささやかれ、どくんと心臓がはねる。ほかに人もいるから小声で言っただけだと思うのだけど、心臓に悪すぎる。

「十六夜さんのおすすめってなにかありますか？」

ドキドキしながら尋ねると、彼は二、三冊タイトルをあげてくれた。

どれも女性にも大人気とポップが立っていて、かなり悩む。おすすめのものを全部買いたいけれど、お財布の中身と相談して一冊だけレジに持って行った。

十六夜さんがおすすめのもので、比較的控えめと言っていた、わたしが最初に手に取ったものだ。タイトルは、「花びらにキスをして」と、確かに抑え気味かもしれない。

「これ、タイトルだけ見たら女の子向けのコミックスとかラノベとかでも大丈夫そうですよね」

街をぶらぶらウィンドウショッピングしながらそう言うと、十六夜さんは悪戯《いたずら》っぽい笑みを見せた。

「そうですか？　ちょっと深読みしてみるといいかもしれませんよ」

「深読み？」

深読みってどういうことだろう。考えながらいろいろ服やスイーツなど見て回り、映画も一本観《み》るともう日も暮れかけていた。

「本当はこのまま帰したくないんですが、順序はきちんとしませんとね」

帰りの車の中でそう言われ、顔が熱くなる。

だけど、ちょっと不思議に思った。

「十六夜さんは、わたし相手にもそんな気分になってくれたりするんですか？」

「うん？」

十六夜さんは運転しつつ、「どういう意味ですか？」と尋ね返してくる。

「その……前に、言われたことがあって。わたしは地味だし欲情しないって。だから、男性はみんなそうなのかなって思ってまして」

「そんなこと、誰に言われたんですか？　もしかして元カレ？」

「あ、はい……まあ……肉体関係はありませんでしたけど、一応そうでした」

「キスもさせなかったんですか？」

「はい。そういうの、する気分になったことがなくて」

「なるほど。その元カレさんはきっとそのとき、まだお子様だったんでしょうね。私はあなた相手にちゃんと色気を感じているし、したいと思いますよ。キスもセックスもね」

「っ……！」

十六夜さんの形のいい唇からそんな言葉が飛び出すなんて思ってもいなくて、ドキンと心臓が口から飛び出そうになった。

家の近くの公園のそばで車が停められ、なんでこんなところでと思っていると、十六夜さんは自分のシートベルトを外した。わたしのシートベルトも外してしまい、頭のてっぺんから足のつま先までをじっくり観察する。

そんなふうに熱っぽい瞳で見られると、ドキドキが止まらなくて落ち着かない。

「あ、あの……？」

「黒いストッキング、すごくそそられます。あなたの足のラインをとても色っぽく見せている」

「えっ。あ、ありがとうございます」

いきなりどうしたんだろう、十六夜さん。

ちらりと見上げると、十六夜さんの薄茶色の瞳が欲情の色を示していてどきりとした。

「帰したくない気分でいるところへあんなこと言われたら、誘っているようなものですよ」

「や、わたしそんなつもりじゃ」

「男はなにがきっかけでその気になるかわからないんですから、気をつけてくださいね。まあ、もう遅いですけど」

「え、……あっ！」

きれいな顔が近づいてきたかと思うと、ちゅっと頬《ほお》にキスをされた。右頬に一度、そして左頬に二度。

十六夜さんの唇がとても熱くてやわらかいことに驚いて、耳まで熱くなる。

十六夜さんはそっとわたしの手を取り、その甲にもそっとキスを落とした。それだけで、ぞくりと背筋に淡い快感が走り抜ける。

いまの……なに？　こんな感覚、わたしは知らない。

十六夜さんはかなり近い位置からわたしを見下ろし、ささやいた。

「キス、してもいいですか？　今度は頬にではなく、唇に」

「え、あ、あのっ……」

「それとも、いまはそういう気分ではないですか？」

「あっ……」

言っているあいだも手の甲や指に軽くキスをされ、びくんと反応してしまう。

「あなたは素直な身体をしているんですね。たったこれだけで感じてくれている」

それってどういう意味だろう、と考える余裕もなく、ふたたび頬にキスをされ思考が中断される。

「あなたのファーストキス、私がもらってもいいですか？」

そうささやかれると、こくりとうなずいていた。

十六夜さんは、いずれわたしの夫になる人だ。だとしたら、いずれはキスもその先も捧《ささ》げることになる。順序はもっと踏みたい気もしたけれど、なんだかいまはすごく気分が高揚していて、十六夜さんに逆らえない。

「わたしも、……十六夜さんのキスってどんなものなのか、……知りたい、です」

キスがどういうものかも知らない。だけどそれ以上に、十六夜さんがどんなキスをするのか知りたくなった。

すると十六夜さんは手の甲を親指の腹でそっと撫《な》で、ぴりっとした甘いしびれを感じたと同時に、もう一度さらに顔を近づけた。

ちゅ、とちいさなリップ音がして、唇に熱くてやわらかいものが触れる。蝶《ちょう》の羽が触れたような、優しいキスだった。

よかった、どんなすごいキスがくるかと思った。

ちょっと身構えてしまっていたわたしがほっと息をついたのを見計らったように、もう一度ちゅっとキスが落とされる。今度は角度を変えて、二度ついばまれた。

そんなにいっぱいキスされたら、いくら優しいものだとしても恥ずかしい。

「い、十六夜さ」

「黙って」

「んっ……」

ちゅ、ちゅっと何度も数えきれないくらい唇に触れられ、息が苦しくなった。

キスの雨がやんだかと思えば、舌でつつっと下唇をなぞられ、自分じゃないみたいな甘い声が上がってびっくりする。唇がこんなにきもちがいいだなんて知らなかった。

最後に唇全体を味わうように長く唇を合わされ、くちゅっと吸い上げられるようにされると、じわりと秘部が濡れたのを感じて慌てて足をぎゅっと閉じた。

十六夜さんは目ざとく気づいたらしい。ふっと笑って指の腹でわたしの唇をなぞる。それだけでもびりびりとしびれが走った。

「キスだけで、濡れてしまいましたか？」

たぶんそうだと思うけれどそんなこと確認もできないしできたとしてもそんな恥ずかしいこと報告なんかできない。

羞恥にうつむこうとするところを顎に手を添えられ、また触れるだけのキスをされた。

それだけで、全身がざわつくほど快感の波に呑みこまれそうになる。

「い、十六夜さん、もう……っ」

「花びらっていうのはね、いまあなたが濡れている部分のことですよ。『桜の中で貴女《あなた》を抱いて』にも似たような表現が出てきたでしょう？」

「あ――」

そういえばそうだった。あれはそういう表現よりも切ない内容のほうに神経がいっていて、まったく気づかなかった。記憶にあるのはそういう表現よりもきれいな文章のほうで――。

それを考えると、確かに今日わたしが買った本のタイトルはかなりきわどい内容のものになる。だから深読みしてみるといいかもと言われたのだ。

かぁっと顔を熱くしていると、十六夜さんはようやく身体を離した。

「明日会社が終わったら、お時間もらえますか？」

「あ……はい、残業が入らなければ大丈夫だと思います」

「それじゃ、仕事が終わるころに連絡ください。迎えにいきます」

「あ、デートですか？」

「まあ、そのようなものでしょうかね」

十六夜さんは笑って告げた。

「私の家にきていただきます。ああ、実家のほうじゃなくて私がいまひとりで暮らしているほうの一軒家ですので、安心してくださいね」

――よくよく十六夜さんは、わたしに爆弾を落とすのが好きな人だ。

安心してくださいって実家じゃないのならそれはそれでいろいろと問題があると思うのだけれど……！

固まってしまうわたしに、十六夜さんはにこにこと楽しそうに続ける。

「変な意味はないですよ、たぶん。最近執筆が行き詰まってもいるし、こういうときは恋人といたほうがいいアイデアが浮かぶかもしれません。仕事のためにあなたを利用してしまう形になるかもしれませんが、それはすみません」

「あっ……いえ、そういうことならいくらでも協力します！　執筆のお手伝いができるならうれしいですし！」

ちょっとほっとしてそう言うと、彼は「言質《げんち》、とりましたからね」とそのあとわたしを家に送るまでのあいだ上機嫌だった。

わたしはというと、家に帰ってからずっとぼうっとしていた。

頭にあるのは、ついさっきしたばかりの十六夜さんとのキス。十六夜さんからかけられた甘い言葉だけで——。

夕ご飯の支度をしているあいだも、そのあと病院の面会から帰ってきたお母さんとごはんを食べているあいだも、ずっと上の空だった。

十六夜さんの唇、とってもやわらかかった。嘘みたいに甘かった。優しくて、でもほんのちょっぴりいやらしくて、くせになりそうだった。

あれがわたしのファーストキス——。

想像していたより、ずっと生々しい、でもうっとりするようなキス。

みんな、あんなキスをしているんだろうか。沖安くんも？　結菜も？

みんな恋人や旦那さんとかとあんなキスをしているんだろうか。日常茶飯事なんだろうか。

なのによく仕事に手がつかなくなったりしないものだ。尊敬してしまう。

その夜やっぱりわたしは眠れなくて、翌日会社では十六夜さんとのキスが頭から離れなくていつもはしないミスばかりしていた。

＊＊＊

「すみません！　遅くなってしまって……！」

普段しないミスばかり続いた結果、その日に限って残業になってしまった。

仕事が終わると十六夜さんに報告したときにはすでに八時を回っていて、今日のデートはなしになったかと思った。

だけど十六夜さんは「いまから泊まりできていただいてもいいですか？」とメールをくれ、わたしはわたわたしながらもテンションが上がり、「もちろんです！」と返事を返した。

一度家に戻って着替えやなにやかや、いろいろ取りに戻れば大丈夫だろう。

会社の外に出ると、和服姿の十六夜さんが立って待ってくれていた。

「すみません、今日に限って残業で……普段しないようなミスばかり続いて」

申し訳なくなってそう頭を下げると、十六夜さんは変わらず穏やかな笑みを見せた。

「なにかほかのことでも考えていたんじゃないんですか？」

「ま、まあそうなんですけど」

まさかそれが十六夜さんとのキスのことだなんて言えない。わたしは慌てて視線をそらした。

「さ、寒くなかったですか？」

「いいえ。私、寒さには強いもので。それにさっきまで車の中にいたんですよ。龍己に許可をとってもらって、駐車場に車を停めさせていただいていたので」

「あっ……そうなんですね」

そういえば、沖安くんに「今日十六夜さんとデートなんだって？　うまくいってるみたいじゃん」とからかい半分に言われていたっけ。そのせいもあって十六夜さんのことがますます頭から離れなくなってしまったのも事実なのだけれど。

まあ、こんなことでミスをするなんて、わたしの恋愛経験値がまだまだ低い証拠だ。

いつものように、助手席に座らせてもらう。

「あの、泊まりの支度を一度家でしてきたいんですけど」

「この会社って私服ＯＫですよね？　スーツでよければありますよ」

「えっ……でもサイズとか大丈夫ですか？」

「もちろん、あなたに合わせたサイズのものを今日買ったばかりなので大丈夫だと思います。見た感じだけで判断したのでぴったりこなかったらすみません」

「あっ……い、いえっ……ありがとうございます！」

わたしの服、わざわざ買ってくださったんだ！　でも、どうして？

ちらりと目を上げると、十六夜さんは運転しながら気づいたらしい。ふっと目元を和ませた。

「いずれうちに泊まりにきていただくための用意はしなくてはと思っておりましたし、今日は手が空いておりましたので。タオルや歯ブラシなど必要なものもだいたいはそろっていると思います。下着もそろえていますが、あなたの好みに合わなかったらすみません」

「そっ……そんな、っ……なにからなにまで本当にありがとうございます」

下着まで……！　十六夜さんがどんな顔をしてわたしの下着を選んでくれたのかを考えると、

かぁっと耳まで熱く火照った。

というか、十六夜さんて女性の下着とかひとりで買うの抵抗ないいんだろうか。女性の下着売り場で十六夜さんがいても、違和感はない気がするけれど……。

脳裏に浮かべてみても、動じたり赤くなって慌てている挙動不審な十六夜さんというのはなかなか想像できなかった。

きっとこういうの、十六夜さんは慣れているんだろう。女性店員さんとも自然に会話できそうだ。

閑静な住宅街に、十六夜さんの一軒家はあった。

いわゆる高級住宅街というやつで、でも十六夜さんの家は昔からある和風なつくりで、近代的なものに改築などはされていない。木造の二階建てで、敷地がすごく広い。普通の一軒家がふたつか三つ入りそう。庭を入れるともっとだろうか。

「お庭、きれいに手入れがされていますね」

門から招き入れられて庭を通る際、冬の花々がちらほらと咲いているし、木々もきれいに剪《せん》定《てい》されている。

「定期的に植木屋さんに頼んでいるんです。気が向けば自分でも少しは手入れしますが、限度がありますからね」

この広さなら、確かにひとりで手入れをするのは大変だろう。

玄関を入り「お邪魔します」と言ったとたん、すうっと清涼感のある香りがした。森林の中のような、すがすがしい自然の香りだ。胸がすっきりして、きもちがいい。

「いい香りですね」

「雑貨屋さんで見つけた香りなんですが、これは執筆の邪魔にならないんです。むしろ落ち着いていいものが書けるので、愛用しています」

「わたしもこの香り、好きです」

「それはよかった。私が好きなものをあなたも気に入ってくださると、うれしいです」

ふいにそんなことを言われて、どきりとしてしまう。

十六夜さんは、ふっと微笑んでわたしの頬に手を添えた。十六夜さんの手は冷たくて、でもそれがきもちがいい。だけど急にこんなふうに触れられたら、ドキドキしてたまらない。

しかもなんだか顔が近づいてきている気がする。

もしかして、このまま……キス？

どうしよう、そんなのぜんぜん心の準備ができていない！

動揺しまくっていると、唐突にわたしのお腹《なか》がぐうっと鳴った。

うわ、恥ずかしい！　どうしてよりによってこんなときにお腹が鳴るのかな！

「す、すみません、わたし……っ……こんなときにお腹なんて鳴らして、失礼極まりない……っ」

思い切り動揺しながら言い訳を考えていると、十六夜さんはくすっと笑った。

「あなたは本当に、いい育ち方をしたのですね」

「え？」

どういう意味だろう。きょとんとするわたしに、十六夜さんは言う。

「残業でごはんも食べていないのでしょう？　お腹がすいて当たり前ですよ。空腹時にお腹が鳴るのは自然なことです。失礼なんてことありません。それに……」

そこで十六夜さんはわたしにさらに顔を近づけ、甘くささやいた。

「私たちは婚約者です。こんなことで遠慮なんかしていたら、いつまでもその先を進めませんよ？」

「そっ……その先って……？」

ドキドキしてしまいながら尋ねると、十六夜さんは小悪魔のように微笑んだ。

「婚約者や夫婦が当然とするいろいろな行為のことです。まあ、ご想像にお任せしますが」

「そっ……」

そのきれいな顔でそんな悪い顔してそんなこと言わないでほしい、似合うから！　ギャップがまた色っぽくて心臓の鼓動がますます早くなる。

というか、いろいろな行為って……やっぱりキスとかエッチのことだろうか。一緒にお風呂に入ったりとか……？　本を読むのが好きでジャンルも問わず面白そうと思ったものはかたっぱしから読んでいるから、そういう知識も多少はある。まあ、本の中の話だから世の中の人が本当にそういうことをしているかはわからないけれど。……している人はしているかもしれない。そういえば結菜が前に「今度旦那と露天風呂いくのー！　混浴だよー！」と言っていたから、たぶん一緒に入ったんだろう。

結菜ならキャラ的に許せると思う。だけど、わたしなんかが十六夜さんみたいに素敵な人と一緒にお風呂だなんて、そんなの世間が許さないと思う。いや、それ以前に十六夜さんにこのスタイルの悪い裸をさらすとか絶対できない！　お風呂場は明るいから絶対むり！

ぐるぐるとしょうもないことを考えていると、十六夜さんに、ぽんぽんと頭を撫でられた。

「なにを考えているのかわかりませんが、顔が真っ赤ですよ？　確かに想像にお任せしますとは言いましたが、そんなにいやらしいことを考えたんですか？」

「ちっ、違いま」

「あ。嘘を言ったらお仕置きにキスですからね？」

「っ……」

そんなこと言われたら、押し黙るしかない。

男性に優しく頭を撫でられることなんかなかったから、胸がきゅんきゅんしてたまらない。わたしのそんな心情を、十六夜さんはわかっているんだろうか。せっかくときめいているときに、意地悪を言わなくたっていいのに。

恨めしそうに見上げると、十六夜さんはまたくすりと笑った。

「そのぶんだと、違うというのは嘘ですね？」

「う……っ……だって婚約者とするいろいろな行為っておっしゃるから……！」

「お仕置き、ですよ」

「あ、……ンンっ……！」

あっという間に顎をクッと軽く指でつままれ仰向《あおむ》かされ、唇を覆われた。また触れるだけのキスなのに、とろけるように甘い。ちゅ、ちゅっと幾度もついばまれ、じんじんと唇がしびれてきた。

このしびれがくると、お腹の奥のほうがじくじくと疼《うず》いてくる。そこが疼くと秘部が濡れるらしい。昨日もそうだった。いまも、キスを受け止めているうちにじゅくりと蜜液があふれてくるのを感じる。

こんな、……キスだけで濡れるなんて恥ずかしい……！

まったく経験がないのにこんなこと、絶対におかしい。

なんでだろう、十六夜さんがうますぎるんだろうか。それともわたしがどこかおかしいんだろうか。

泣きそうになっていると、十六夜さんはようやくキスをやめてふっと笑ってくれた。

顔を離し、またぽんぽんと頭を撫でてくれる。

「お仕置きはこれくらいにしておきましょう。ごはんの用意しましょうか」

「は、はい」

少しほっとして、うながされるままに広い食卓スペースへと案内される。

キッチンも新しいものではなかったけれど、きちんと掃除がされていて清潔だし、広くて使い勝手がよさそうだ。

キッチンスペースの続きに大きなこたつが置いてあり、どうやらそこがダイニングスペースのかわりらしい。

十六夜さんはこたつをつけてくれた。

「まだ寒かったら言ってくださいね。ヒーターもつけますので。いまから作りますが、もう少し待てますか？」

そんなことを言われて、「えっ」と驚いた。

「いやいや、そこはふつう女性が作るところですよね？」

「そうですか？　私、料理するのは好きなのでぜひあなたに食べていただきたいのですが」

優しく微笑まれながらそんなふうに言われて、胸がトクンと甘く疼く。こんな男の人も、いるんだ。もしかして十六夜さんて、尽くしてくれるタイプなのかな。

なんだかこういうの、すごくうれしい。まだ愛なんてものもないはずなのに、大事にされている気がする。いや、十六夜さんは間違いなくわたしのことを大切にしてくれていると思う。

「あの……わたしも、十六夜さんに手料理を食べていただきたいです」

照れながらもごもごとそう言うと、十六夜さんはもっとやわらかく笑った。

「それじゃ、一緒に作りましょうか」

男の人と一緒に料理をするなんて、考えたこともなかった。おつきあいする人とそういうの、楽しいかもしれない。

「はい！」

うれしくなって、わたしも微笑んで返事をした。

一緒に冷蔵庫の中身を拝見させていただき、献立を決める。こんなふうに誰かとごはんのメニューを決めるのは、お母さん以外ではいなかった。しかも相手は男性で、すごく新鮮な気分だ。お母さんと相談するのとはまた違う楽しさがあった。

十六夜さんは、和食のメニューを予定してくれていた。和食って洋食よりも手間暇かかるし味加減も難しいものが多いのに、さらりと作れてしまうところがすごいと思う。

そう言ったら、

「簡単なメニューばかりですから、ぜんぜんすごくないです」

とはにかんでいた。この前もだけど、十六夜さんは少しはにかんだ表情も、すごく魅力的だ。

五目ご飯にねぎと油揚げのお味噌汁《みそしる》、鮭《さけ》の南蛮漬《なんばんづ》けにささみときゅうりの梅サラダ。デザートには白玉ぜんざい。

十六夜さんはもっと作ってくれる予定だったみたいだけれど、そんなに食べきれるか心配だと言ったら、

「確かに、いまから全部作るとなると時間もかかりますしね。では、一品一品の量を少し多めにしましょうね」

と了承してくれた。

十六夜さんはそこから少しメニューを考え直してくれ、何品か挙げたあと、

「この中で今夜食べたいものはなんですか？」

とわたしの希望を聞いてくれた。

十六夜さんが挙げた中からだったら、サラダとぜんざいだった。

ぜんざいは十六夜さんも食べたかったと言ってくれて、「だったらそのふたつはわたしに作らせてください」と申し出た。

十六夜さんは「喜んで」とうれしそうに笑った。十六夜さんのそんな笑顔を見ると、胸の奥がふくふくとくすぐったくなる。わたしも自然と笑みがこぼれてしまう。

もちろんほかのメニューの下ごしらえなども手伝った。

一緒に野菜を洗ったり切ったりしているあいだも、会話は尽きない。ほかに好きな食べ物はなにかとか、十六夜さんがいまプロットを練っている小説はどんなものかなど、話に花が咲いた。

十六夜さんと料理をするのはとても楽しくて、時間を忘れた。初めてお母さんと一緒にごはんを作ったときのことを、ちょっとだけ思い出した。

そのころわたしは小学生だったのだけれど、できばえよりも誰かと一緒に料理をつくるということが楽しかった。

懐かしい。こんなことを思い出すのは、本当に久しぶりだ。

十六夜さんは手際がよく、話しながらも一時間ほどですべて作り終えてしまった。

こたつの上にずらりと並んだ料理を見て、ほう、とため息が出る。どれも分量が多く、見た目もきれい。盛りつけも十六夜さんがやってくれたのだけれど、プロみたいに上手で食欲をそそる。どれもおいしそうにほかほかと湯気を立てていた。

一緒に「いただきます」をして食べ始める。

見た目もだったけれど、味も負けていない。いざ食べてみると十六夜さんが味付けをしたものはどれもすごくおいしくて、無言でぱくぱく食べてしまった。

「このサラダ、いいお味ですね。とってもおいしいです」

途中十六夜さんがそう言ってくれて、ようやく感想を言っていないことに気づいたくらいだ。

わたしも慌てて口の中のものを呑みこんだ。

「わたしも、どれもすごくおいしいです！　サラダなんてとんでもないです、ほかの十六夜さんが味付けしたもの全部おいしいです！　すみません、わたしおいしすぎるとなにも言えなくなっちゃう悪いくせがありまして……！　ご無礼働きました……！」

「いえいえ。お気に召していただけたのなら私もうれしいです」

十六夜さんは、にこにこと本当にうれしそうだ。

気分を害していないことがわかり、わたしも安心して続きを食べた。

ぜんざいもわたしにしてみたらうまくできていて、ほっとした。十六夜さんも「これもおいしいですね」と気に入ってくれた様子。

ごはんを食べ終わって一緒にお皿を洗い、片付けたあとでも、まだ余韻が残った。

「はあ……誰かの手料理をこんなに夢中で食べたのって、久しぶりかもしれません」

「残念。私が初めてではないんですね」

「うちのお母さん、もともと料理が上手なんですが、最近ときどきびっくりするくらいおいしいものを作ってくれたりするんです。一番最近が一ヵ月くらい前でしょうか。料理が好きで、いまでもときどきお父さんのためにって料理の研究をしているみたいです」

すると十六夜さんは、「ああ」と安心したようだった。

「お義母《かあ》さんのことですか。それなら許します」

「え？」

「身内以外の誰かのことだったら、私きっとすごく嫉妬《しっと》していました」

笑顔のままそう言われても、ぴんとこない。

「ええと、十六夜さんてすごくおとなだと思いますけど……」

「一見そうかもしれません。でもふたを開けたら、私はすごく独占欲の強い子どもみたいなものです。龍己がよく知っていますよ、彼は長いつきあいですから」

「そ……そうなんですか？」

「ええ。なにがきっかけでお仕置きしてしまうかわかりませんから、気をつけてください」

微笑みながら言われると、なんだかちょっと恐《こわ》い。目が笑っていないからだろうか。というか、目が笑っていないということは十六夜さん、けっこう本気で言っているのかな……？

考えてもわからない。理解しようとしても、わたしが知っている部分の十六夜さんはどれもおとなな態度だったから、それもむりだった。

とりあえず、とわたしは座りなおす。

「あの……こんなことで執筆の手助けになったりしますか？　わたし、ただ一緒にお料理して食事しただけですけど」

「ああ」

十六夜さんは、本来の目的を思い出したようだった。

「いい刺激にはなりますね。やっぱり恋人がいるといないとではぜんぜん違います」

でも、と十六夜さんはつと立ち上がった。

「もっとほかにしていただきたいことがあるんです」

「わたしにできることでしたら言ってください」

わたしだって、これだけでちゃんとした手助けができたとは思えない。すごく魅力的な女性が相手ならともかく、地味でまじめなだけのわたしだ。恋人になってから間もないし、なったきっかけもお互いのどちらかが好きだったからというわけでもない。

だけど、十六夜さんが予定していた「それ」はわたしの想像をこえていた。

彼はいったん奥のほうの部屋に行くと、手にたたんだ服を持って戻ってきた。

「これを着ていただけますか？　いまの服の上からでかまいませんので」

「これは……」

受け取って広げてみると、エプロンだった。さっきは十六夜さんが「料理好きなのでエプロンのストックはあるんです」と貸してくれたシンプルなピンク色のものをつけて料理したけれど、これは違う。

フリルがいっぱいの、丈も少し短めの真っ白なエプロンだ。どちらかといえば、コスプレ的なものに近い。そうだ、よくテレビで見かけるメイド喫茶の店員さんがメイド服を着ているけれど、あれに付属しているエプロンに近い。

「あの……こういうのは、もっと若い子が着るなら似合うと思うんですが、その……わたしだと絶対滑稽な感じになると思います」

これは明らかに「絶対にかわいい」と自他とも認めるような、いわゆるロリータ系の若い子が似合う。どこをとってもわたしが似合うとは言いがたい。

けれど十六夜さんは、

「あなたが着るからいいんです。恋人に着てもらう設定なので」

と譲らない。

まあそこまで言うならと、わたしは観念した。十六夜さんは恋人で婚約者だ。助けになってあげたい。こんなことで少しでも仕事の手助けになるのなら、たとえ笑われたって本望だ。もしかしたらそれでまた違うインスピレーションが沸いたりするかもしれない。

のそのそと服の上からエプロンをつける。後ろで結ぶリボンの部分が長めで手間取っていると、十六夜さんが手伝ってくれた。しゅるしゅる、きゅっと器用に結んでくれる。

「ああ、これはちょっとくせになりそうですね」

「え？」

「まじめなあなたが着ると、かなりギャップ萌《も》えです」

「そ、そうなんですか」

十六夜さんは、じいっとわたしを凝視している。そんなに見つめられると、恥ずかしい。

十六夜さんが感じているギャップ萌えとかはわたしにはわからないけれど、そう言ってもらえるならがんばって着た甲斐《かい》がある。

けれど十六夜さんは、は、とちいさくため息をついた。

「これで本当にプロット通りのシチュエーションだったら、主人公の気持ちにもなれるかもしれないんですよね」

「プロット通りのシチュエーション？」

どういう意味だろう？

首をかしげていると、十六夜さんは残念そうな表情のまま言った。

「主人公は男性なんです。まあ男性向けの官能小説のほとんどは男性なんですけどね。今回はちょっとマニアックな性癖の持ち主の設定でして。このエプロンも本当は恋人に、裸にそのまつけてもらうんです」

「へっ⁉」

思わず間抜けな声が出てしまった。

それって、もしかして。

「あ、あの……それってもしかして、……裸エプロン、っていうやつですか？」

「もしかしなくても、そうです」

きっぱりと、十六夜さん。ひ、とわたしは喉をひくつかせた。そんなの恥ずかしくて絶対死ぬ！　むり！　できない！

裸エプロン姿を十六夜さんに見られるなんて、想像しただけで耳や頭のてっぺんまで羞恥に熱くなる。

いろいろな意味でなにも返せないでいると、十六夜さんに「あれ」と気がつかれた。

「もしかして想像してしまいましたか？」

「す、するに決まっています！　わたし、想像力だけは昔からたくましいんです！」

ちいさなころから読書好きだったおかげで、想像や妄想の才能だけなら多少はあると思う。人生にはまったく生かされていないのが残念だけれど。

ふむ、と十六夜さんは腕組みをした。

「裸エプロンで欲情するってどんな感じなのか、体験してみたかったんですよね。服の上から着ていただいただけでもかなりきてはいるんですが」

「きてるって、……もう少しで書けそうな感じ、とかですか……？」

そろそろと尋ねてみると、

「それはわからないですけど、もしかしたら書ける可能性はあります」

と返ってくる。

宵野椿の新作が世に出るかどうか、こんなことにかかっているだなんて。わたしがそんなことをしなくても世に出るとは思うけれど、ファンからしてみたら少しでも早く読みたいに決まっている。それはわたしも本好きだからよくわかる。

「あの……」

わたしは恥ずかしさをこらえながら、ちいさな声で申し出た。

「必要以上に身体を見ないでいただければ、……それを約束していただければ、……着ます。わたしでよければですが、裸エプロン」

ぱっと十六夜さんの顔が輝いた。

「本当ですか⁉」

「や、約束してくださるなら、です！」

「約束します！　絶対見ません！」

目をきらきら輝かせる、十六夜さん。出逢《であ》ってから数日のあいだで、こんなに生き生きとした十六夜さんを見たのは初めてのことだった。

きっとそれだけ仕事が好きだし小説を書くことに対してまじめに取り組んでいるんだろう。わたしもがんばらなくちゃと、改めて気合を入れた。

「ええと、では着替えるあいだ、部屋を出ていていただけるとありがたいのですが……」

そう言うと、十六夜さんはさらりと返した。

「目の前で着替えてくださって大丈夫ですよ？　小説の参考になりそうですし」

「それだといろいろ見えてしまいますから！　だめです！」

なんてことを言うんだこの人は！　それだけは約束だし、いくら小説に役立つからといっても譲れない！

必死のわたしに、十六夜さんもさすがにそれはあきらめてくれたらしい。

「はいはい。それでは扉の前で待っていますね。寒いでしょうから、ヒーターの温度は高めに設定しておきます。着替え終わったら呼んでください」

十六夜さんはヒーターのリモコンを操作し終えると部屋を出て行った。楽しそうだったから、目の前で着替えてもいいと言ったのは冗談半分だったのかもしれない。

いろいろと読めない人だ。小説家って、みんなそうなんだろうか。どこか変わっていないと成り立たない職業なのかもしれない。

そんなことを思いつつ、いったんエプロンを脱いで服も脱ぐ。

誰かの、それも男性の家で裸になる機会なんてなかったしそんなこと予想もしていなかったから、かなり勇気がいった。

そんなことはしない人だと思うけれど、もしかしたら十六夜さんが扉の隙間から覗《のぞ》いているかもしれないと、下着を脱ぐときときょろきょろしてしまった。

もちろんそんなことはなくて、扉もきっちり閉まっていた。

すっかり裸になっても、部屋はかなりあたたまっていて、この季節でも寒さは感じない。

改めてフリルたっぷりのエプロンを身に着けてみると、変な気分だった。こんなかっこう、普段だったら絶対しないから当たり前だと思う。

エプロンの隙間から胸の先が見えてしまいそうだし、十六夜さんに背中は向けられない。だってこのかっこう、後ろからだとお尻が丸見えだ。

エプロンの丈は太ももの半ばごろあたりまでで、前からでもかなりきわどい。自分で持っている服にも、こんなに丈の短いものはない。

とにかく創作意欲を湧かせてもらえばいいわけだからと言い聞かせ、「もう入ってもいいですよ」と声をかけた。早めに終わらせて、ちゃんとした服に着替えたい……!

十六夜さんは「入りますよ」とノックをしてくれ、扉を開けた。

わたしを見るなり、目を見開く。

「おお……!　裸エプロンというもの、生で初めて見ましたがすごい威力ですね!」

「あ、あんまり見ないでください、いろいろ露出しているので……っ」

胸や裾の部分を手で隠していても、やっぱり隠しきれない。わたしは胸はちいさめのほうだけれど、それでも上や脇のわずかな膨らみは見えてしまっているし、太もものあたりも気になる。

けれど十六夜さんは歩み寄ってくると、さっきのように目を輝かせながらわたしの手を取った。

「あっ……」

「せっかくなんですからちゃんと見せてください。肝心な部分は見ませんから」

「あ、あの、でも恥ずかしいですっ……」

「そんなふうに恥ずかしがる姿もそそります。……あなたは服を脱ぐと肌の白さが目立ちますね」

うっとりとそんなふうに言われ、つと見上げると十六夜さんの薄茶色の瞳に欲情の色があってどきりとした。

この流れ、なんだかやばい。わたしまで変な気分になってきてしまいそう。

わざと話題を変えてみた。本筋に戻さなくちゃ……！

「しゅ、主人公の気持ち、わかりそうですか……？」

「ええ、少しわかる気がします。このままめちゃくちゃに抱きたくなりますね」

「っ……」

十六夜さんはあくまで小説の主人公の心情として述べただけなのに、心臓の鼓動が激しくなる。ドキドキして、なんだか身体が火照ってきた。

「わ、わたし……そういう経験があれば少しはこの先もお手伝いできると思うんですけど、どうしたらいいのかわからなくてすみません……っ……。でも、あの……」

十六夜さんが誘うような目つきでわたしを見つめ続けるものだから、ちょっと好奇心が湧いた。裸エプロンなんかして、少し興奮もしているのかもしれない。

「その……そういう行為をするのって、どういうものなのか……ちょっと興味は沸きました。恋人と身体をひとつにつなげるって、どんな感じなんだろうって……いままで物語として読んだりしたことはあっても、自分がそういうことをすることになるとか想像したこともなかったから」

「想像力がたくましいのなら、きっと感じやすいと思いますよ」

十六夜さんは、なにを根拠にか断言する。

そして、手に取ったままだったわたしの手を、そっと引き寄せた。

「あ……」

自然、わたしの身体が十六夜さんの身体に抱き寄せられる形になる。抱きしめられたのはこれが初めてで、甘酸っぱい動悸《どうき》がひどくなった。

十六夜さんは、とてもいい香りがした。はちみつのように甘い、嗅いだだけで頭の芯までとろけてしまいそうな香りだ。

そういえば十六夜さんのキスも、こんな味がする。

「少しだけ、体験してみますか?」

「え?」

ぼうっと見上げると、十六夜さんも少しだけ頬を上気させていた。

これが、十六夜さんが欲情したときの顔なんだ。フェロモンがいつもより出ていて、きれいな顔がもっと際立っている。色気だけでわたしももっと興奮して、十六夜さんに陶酔してしまいそう。

見惚れるわたしに、十六夜さんは耳元で甘くささやいた。

「セックスの体験。少しだけ、してみましょう」

「え……、……えっ？　あっ！」

背中を抱いていた手がするりと髪の後ろ、うなじに回り、変な声が上がる。十六夜さんはそこばかりをゆっくり優しく撫でているだけなのに、びくびくと快感が走った。

また声が上がりそうになるのをこらえていると、ちゅっと唇に触れるだけのキスをされた。

「あっ、……んっ……はぁっ……」

首を愛撫《あいぶ》されているからかわからないけれど、昨日したときよりきもちがいい。自然と少し口が開いてしまい、狙ったように十六夜さんの熱い舌が入ってきた。

「んんっ……ふぁっ……あんっ……」

甘い味のする舌でれろれろと咥内《こうない》を舐《な》められ、舌を嬲《なぶ》られる。わたしの唾液までをも吸い上げるように、十六夜さんはわたしの舌を根本からちゅるっと吸った。

しびれるような甘い感覚が走り抜け、思わず顔を離した。

「やっ……」

「昨日からささやくたびにびくびくしていたので、首が弱いと思っていたんですが、当たりですね。この筋を撫でながらキスをすると、いつもより感じてくれる」

「や、やだっ……あ、んっ……！」

また唇を覆われ、ちゅく、ちゅるっと深いキスをされる。

このキスはやばい。十六夜さんの言うとおり、首を愛撫されながらこんな深いキスをされると、必要以上に感じてしまう。

押しのけようとしても、すでに身体に力が入らない。そのうえ十六夜さんは、エプロンの上から胸の突起までをも指の腹ですりすりっと擦ってきたからたまらない。

「あぁんっ!」

胸の先端からお腹《なか》の奥までを甘く鋭い快感が走り抜け、わたしは身体を弓なりにしならせた。

十六夜さんは、わたしの胸を見下ろしてふっと笑う。

「ここ、すごく尖《とが》ってますよ。エプロンの上からでもわかるくらい、もうビンビンだ」

「えっ……」

まさかと思って自分でも見下ろしてみると、言われたとおり、硬くなった乳首が白い布地を押し上げ、くっきりとその形が浮き出ていた。

いままでこんなふうになったことなんか一度だってなかったのに……! 恥ずかしさのあまり、かぁっと顔が熱くなる。

「み、見ないでくださいっ……」

「それはむりな要求ですね。だってあなたの乳首はこんなにかわいい。……ほら」

「あっ!」

乳首を擦っていた指が離れたかと思うと、クッとエプロンの両脇をつまんで、ささやかな胸の谷間に寄せた。両方の乳房があらわになり、わたしは慌てて両手を交差させ、隠した。

「かっ、身体は見ないって約束でしたよね⁉」

軽くにらみつけたけれど、十六夜さんはにやりと笑っただけだ。十六夜さん、すごく悪そうな顔になっている！

「だめですよ。男とした約束はたいてい破られるんですから、そんなに簡単に信じては」

「い、十六夜さんていい人だと思ってたんですけど……っ……」

「そう思っていただくのはかまいませんけど、期待外れもいいところだと思いますよ？　言ったでしょう？　私だって男だし、あなたとキスもセックスもしたいと思っていると。そうでなくとも男なんて痛くしないと言っても痛くしたり、意地悪しないと言っても意地悪したり、自分にとって特別な女の子に対してそういう属性を持っているんですよね。私も例外ではありません。さ、あまり暴れないでくださいね？　でないと、縛ってしまいますよ？」

「あっ、……いやぁっ！」

首を撫でていた手で、いとも簡単に両方の手首をつかまれ、後ろ手に拘束された。

体勢的に背中がのけぞり、強制的に胸が突き出されるかっこうになる。

十六夜さんは遠慮なしにわたしの両乳房を視姦し、獣《けもの》のようにぺろりと舌で唇を舐めた。

こんなかっこう恥ずかしいのに。裸の胸を見られて恥ずかしいのに、そんな十六夜さんの仕草にどきりとし、勝手にじわりと愛液があふれ出る。肉食獣のような十六夜さんの視線に、わたしの中で眠っていた女の本能が目覚めたのかもしれない。

本当に、本当に恥ずかしい。

なのに十六夜さんの瞳に確かな欲情の色があるのを見ると、どこかうれしくも思ってしまう。

わたしなんかで興奮してくれているんだと、女としての喜びを感じてしまう。

「形のいい胸ですね。大きくはないですが、私好みです」

「あっ……！」

エプロンを寄せていた手で、右の乳房をそっと覆われた。ごつごつした大きな手が冷たくてひんやりして、びくりとする。

けれどそのままくにゅくにゅと円を描くように優しく揉《も》まれ始めると、キスとは違うきもちよさにため息が漏れた。ときどき間違ったように指で乳首を擦るのは、絶対にわざとだろう。

それがまたお腹の奥まで疼くしびれを伴って、恥ずかしいのに声が抑えきれない。

「やわらかくて、やっぱり感度がいい。ピンク色だった乳首がもうこんなにぷっくり赤く膨らんできましたよ」

「あっ、や、っ……！」

十六夜さんの舌が、れるっと赤い先端を舐める。ぴちゃぴちゃ、れろれろと赤い舌先が乳首を嬲る光景は、目を覆いたくなるほど淫靡《いんび》だった。

だけど十六夜さんは、わたしが目を閉じると、じゅっと音を立てて吸い上げてくる。

「あぁんっ！」

「ちゃんと見ていてください？　あなたのかわいい乳首が誰の舌で蹂躙《じゅうりん》されているのかを。その目で確かめて。ほら、唾液でこんなにてらてら光って、私を誘っています」

「いやっ、舐めないで……吸わないでぇっ……やぁんっ！」

　ちゃんとまた目を開けたのに、そのことに気づいているはずなのに、十六夜さんは吸うのをやめてくれない。それどころか時折前歯で扱《しご》き、シコシコと擦《こす》る。舌と交互にそうされると、へなへなと力が抜けて座り込んでしまった。

　十六夜さんはわたしの身体を支え、床にあぐらをかいて自分の上に座り直させる。

「私の上にまたがれますか？　……そう。いい子ですね」

　もう物事がうまく考えられない。お腹の奥が痛いくらいじんじんして、涙まで出ている。言われるままに十六夜さんの膝の上にまたがると、またくたくたとなって彼の身体に勝手に寄りかかってしまう。

　十六夜さんはくすりと笑って、わたしの後頭部をそっと撫でた。そのまま上に仰向かせられ、深いキスが降ってくる。

「あっ……ふぁっ、……あぅんっ……」

「そんなにとろけた顔で見られたら、止まらなくなります」

「ンンッ……あっ！」

キスをしながら、今度は左乳房をわしづかみにしてくる。むにゅむにゅと押し揉みながら、もう片方の手は秘部へと下りた。陰毛を指でかき分け、そこにあった花芽をつんっと指先でつつかれる。

「あぁあっ！　そ、それ、……っ……！」

いままでの比ではないくらいの強い刺激に、びくびく震える。必死に手に力を込め、十六夜さんの手をつかんで動きを阻もうとしたけれど、まったく意味をなさない。力でもかなわないし、もとより十六夜さんにやめる気配がない。

「もしかして、自分で触ったこともないですか？　ここ」

「あっ当たり前ですっ……！」

「どうりで。とてもちいさくて控えめなクリトリスですね。これからたくさんかわいがって、たっぷり大きくしてあげますからね」

「やっ、そんなことしなくても、っ……ひぁんっ！」

つつっと指先だけで花芽の皮を剥《む》かれ、ぷりぷりと爪の先でひっかくように愛撫される。自分でもまったく触れたことのないそこにそんな行為をされたことなんかもちろん初めてで、得体の知れない官能の波がぞくぞくと肌を粟立《あわだ》ってきた。

「あっ……あっ……っ、い、十六夜、さんっ……」

なにか。なにかが、くる。わたしの知らない波が、やってくる。

十六夜さんの襟元にしがみつくと、彼はちゅっと額《ひたい》にキスをくれた。

「大丈夫です。このまま、私に任せていて」

「で、でもっ……、あっ⁉」

そこで十六夜さんは、ぐっと腰を押し上げてきた。

いままで秘部になにか硬いものが当たっているとは思っていたけれど、それがとんでもなく熱を持っていることにようやく気がついた。

もしかして、これ……十六夜さんの……？

そろそろと涙目で見上げると、十六夜さんは切なげにため息をついた。薄茶色の瞳が情熱の色を灯《とも》していて、潤んでとてもきれい。

ぼうっと見惚《みと》れていると、ぐっ、ぐっと連続で腰を突き上げられる。そのたび秘部に熱の塊が押しつけられて、ゆさゆさと身体が上下に揺さぶられる。本当にセックスをしているような気分になった。胸って、ちいさくてもこんなふうにされると揺れるんだ。そんなことにも初めて気がついた。

十六夜さんの腰の動きはどんどん激しくなり、羞恥と興奮とでどうにかなりそうだ。

「いっ、十六夜、さんっ……、も、もう、やめてっ……こんなの、恥ずかしすぎますっ……」

「あなたのいまの顔、上気していてとてもきれいです。肌もピンク色に火照って……とても色っぽい。やめられるわけがありません。あなたも、もっと感じて……」

「あぁっ！」

　くりくりくりくりと肉芽を指で高速で嬲られ、快感の波が強くなる。断続的にやってくる不思議なきもちよさに、お腹の奥が切なく疼く。膣内《なか》が物欲しげにひくひくと収縮し、勝手に腰ががくがく動いた。

　自分の腰が動くたびに十六夜さんの布越しの肉棒の存在がますます感じ取れ、きもちよさにも拍車がかかる。

　どうしよう。これ、きもちがいい。恥ずかしいのに、止まらない……！

「んっ、んっ……！」

「かわいい声……抑えようとしないで、もっと聞かせて。ぎこちなく腰を振る姿もたまらないな。あなたの濡れた秘裂が、布越しでも感じ取れる。やわらかくて、熱くて……ここに本当に私のペニスを突き立てたらどうなるんでしょうね」

「あっ、いやっ、あんっ！　あぁんっ！」

　花芽をぐりぐりと指で押し揉まれ、耳元でささやかれて身体がびくつく。卑猥《ひわい》な言葉を言われて、恥ずかしいのにますます興奮がかきたてられる。十六夜さんの腰の動きがさらに激しくなり、応じたようにわたしの動きも速くなる。

　もう、コントロールできない。自分の身体が自分のものでないようだ。

　身体のほうは、もうきっと十六夜さんを受け入れようとしている。たぶんその準備が、すっかりできている。だからこんな、彼に呼応したように動いているんだ。

「ひぁっ⁉」

耳元にあった十六夜さんの唇が、ふいにぺろりと耳のふちを舐めた。びくんと身体を震わせたわたしの反応に、十六夜さんは喉の奥で笑う。

「耳、弱いんですね。すごくいい反応だ。耳もかわいがってあげますね」

「やっ、十六夜さっ、あぁっ！　あぁんっ！　いやぁっ！」

耳を舐められ穴にまで舌を入れられぐにぐにされると、身体の力が抜ける。花芽への責めもますます激しくなり、ぐんっぐんっと下から突き上げられながらあちこちを責められて、もうわけがわからなくなってくる。理性なんて、もうどうでもいい。このまま、きもちよくなりたい――！

なにかの箍《たが》が外れたように、わたしは十六夜さんの背中に手を回していた。

ぎゅっと抱きしめ、快楽だけを求めて、硬く勃起した十六夜さんのものに秘所を擦りつける。布越しだというのに、そこからはぐちゅぐちゅと濡れた音が立っていた。

「い、十六夜さんっ……、十六夜さんっ……」

「うん？　ふふ、きもちいいですか？」

「はいっ……きもちいいっ……、……腰が、お腹の奥がっ……なにか、疼いて……っ……」

「ああ、身体の準備はすっかりできているんですね。奥に、欲しい？」

「あっ、あっ、わからな、い、ですっ……、でもっ、あぁあっ！」

　十六夜さんがきゅうっと肉芽をつまみ、扱いてくる。二本の指でゴシゴシ擦られると、腰のあたりにわだかまっていた快感の塊が、ぶわっと一気に膨らむのがわかった。

　あ、これ……わたし、やばい――！

「では、あなたの処女を奪ってしまってもいいですか？」

　十六夜さんのささやきに、必死にこくこくとうなずく。いまはとにかく快楽だけを追いかけたい。この先にどんなきもちよさがあるのか、確かめたい。早くそこに到達したい。その衝動だけがいまのわたしを突き動かしていた。

「ちゃんと言葉にして、答えてください？」

　十六夜さんは扱くのをやめて、すりすりと爪の先でくすぐる。そんな弱い刺激では、わたしはもうだめだった。熱を持て余して泣きそうになりながら、ねだった。

「わたしの、処女……っ……もらって、くださいっ……」

「よくできました」

「あぁっ、あっ、あぁぁっ！」

　指の扱きと耳への愛撫が再開される。ちゅぷちゅぷと耳を責められ、腰を突き上げられながら肉芽をひときわ強くぐにっと押し込むように擦られると、わたしは一気に快感の頂点へと駆け上がった。

「あぁぁあぁっ、あぁあ――っ‼」

お腹の奥から熱がはじけ、全身に強い電流が駆け抜ける。髪一本一本の先まで、足のつま先までも甘くて強すぎる刺激がびりびりと伝わり、ひくひくっと膣内も痙攣《けいれん》する。

ぼんやりと、視界がぼやけていく。頭の芯も、もやがかかって意識が失われていく。ふわふわと、心も身体も満たされて、雲の上にいるようにきもちがいい。

「ああ、ちゃんとイけましたね。いい子ですね。……とてもかわいいですよ、……つぐみさん」

耳元で、十六夜さんの声が遠く心地よかった。

＊＊＊

ううん、とわたしは目を開けた。

木造の天井が視界に入る。ここは、どこ……？　わたしの部屋の天井ではない。

だけど、なんだかとっても心地がいい。身体がふわふわしているのは、羽根布団に包まれているからだろうか。

ヒーターの起動音が聞こえる。あたたかいのは羽根布団のおかげだけではなく、暖房がきいているせいもあるのだろう。

それと、カタカタとパソコンのキーボードを打つ音もする。

ぼんやりとその音のほうを見たわたしは、紺色の和服姿の男性の後ろ姿を認めて、はっとした。

あれは、十六夜さんだ。そうだ、わたしゆうべ十六夜さんの家に泊まりにきて……一緒に料理を作って、それで……。

ばっ！　と上半身を起こしたわたしは、「きゃっ！」と慌てて布団で身体を隠した。一糸まとわぬ姿だったからだ。エプロンをつけていたはずなのに、いまはそれすら取り払われている。

「起きましたか」

座椅子に座り、机に向かっていた十六夜さんが、キーボードを打つ手を止めてこちらを振り返る。窓から射《さ》し込《こ》む朝陽《あさひ》にきれいな顔が映えて、そんなつもりはなかったのに見惚れてしまった。もうわたし、この人に見惚れるの何度目だろう。

十六夜さんは立ち上がり、一度「うーん」と伸びをすると、すたすたとこちらに向かって歩いてきた。藍色のじゅうたんの上に布団が敷いてあったのだけれど、そのまま足袋《たび》で上がり込んでくる。

「あっ……」

膝をつくと、わたしの手を取って引き寄せ、抱きしめてきた。

「おはようございます、つぐみさん。最近あまり眠れていませんでしたか？　いままでずっとぐっすりでしたよ」

「あっ……そうですね、十六夜さんと出逢う前までわりと仕事がきつくて残業も多かったので、満足に睡眠もとれない日が多かったです」

布越しに十六夜さんのたくましい胸板を感じて、ドキドキしてしまう。わたしの鼓動はこんななのに、耳から伝わる十六夜さんの心臓は、トクン、トクンと落ち着いている。

それがちょっと悔しかったけれど、優しい音色だった。わたし、この十六夜さんの心音、好きだ。

「それなら、よく眠れたようでよかったです。ゆうべイったこともいい疲れになったんでしょうね」

「イッ……」

とたんにゆうべされたことをはっきりと思い出し、慌てて離れようとする。だけど十六夜さんは、腕に力を込めてそれを許してくれない。

「イッたのは初めてでしたか?」

「は、はい……ああいう経験、初めてでしたから」

答えないと離してくれないのかもしれない。そう思ったから素直に返事をすると、十六夜さんはふふっと満足そうに笑った。

「意識を飛ばすくらい、イけたんですね。うれしいです」

そう何度もイったとか言わないでほしい、ものすごく恥ずかしいから！

顔を火照らせながら、聞いてみる。

「あの……あれから十六夜さん、わたしをここに寝かせてくれたんですか？」

「ええ。私もその気になっていたんですが、この性欲は今回の主人公の行動の執筆に生かせそうだと思いまして。ここは私の仕事部屋なのですが、布団を敷いてあなたを寝かせて書きました。詰まりそうになると、一糸まとわぬあなたの姿を見れば、またすいすい筆が進みましたからね」

「っ……！」

それでこの人、わたしをそばで寝かせていたんだ。裸にしたんだ。

恥ずかしかったけれど、最終的には執筆のお役に立てたんだからと自分を納得させる。

十六夜さんは、ちらりと壁にかかった時計を見る。

「もうこんな時間ですか。朝ごはん、作ってありますが食べますか？　先にお風呂にしましょうか。まあ、これからまた身体が汚れることになりますからお風呂は後にしましょうか？」

「えっ？」

それってどういう意味だろう？

顔を上げたわたしの唇に、十六夜さんはちゅっと軽くキスをする。

「いっ、十六夜さんっ……！」

「いまからあなたの処女をもらいます」

きれいな笑顔でさらりとすごいことを言われ、一瞬思考が停止した。

十六夜さん、ほんとになにを言っているんだろう?

落ち着くために眼鏡を指で押し上げると、するりとその眼鏡を奪われてしまった。

「あっ……」

「昨日から思っていたんです。これ、キスのときは外しましょう? 微妙に邪魔ですから」

「で、でも」

「これがないと、不便ですか?」

「そんなことはないです。もともとそんなに視力が悪いわけではないので……。でも、眼鏡をかけていると昔から落ち着くんです」

「落ち着かなくてもいいです。ゆうべみたいに、淫らに乱れたあなたを見せてください」

「そ、そんな……あれは、……っ……やっ!」

ばっと布団をはぎとられ、膝小僧をつかまれぐいと左右に開かれる。いきなり秘所があらわにされ、慌てて手で隠そうとする。だけど手だけではすべて隠しきれず、十六夜さんは秘部のあちこちをさんざんそのきれいな瞳で視姦した。

「や、やだ……こんなの、恥ずかしいですっ……。そ、それに、会社に行く支度をしなくちゃ……服、服返してください」

言いながら初めてしっかり時計を見たわたしは、ぎょっとした。

もう九時を回っている。完全に遅刻だ！

「い、十六夜さん、わたしほんとに」

「ゆうべ私のスイッチが入るまでは、ちゃんとあなたを会社に行かせるつもりだったんですけどね。あなたがかわいすぎて私の欲望がおさまりそうにないので、さっき会社に電話をさせていただきました」

「えっ？　な、なんで十六夜さん、うちの会社の電話番号知ってるんですか？」

「龍己と連絡を取り合うのに必要だったので、以前から知っていましたから」

いや。というか、いまさっきの十六夜さんの発言ひとつだけで、突っ込みどころが山ほどある。だけどいまはそれよりも会社だ！

「十六夜さん、あの……スイッチとか欲望とかいろいろ聞きたいことはありますけど、とりあえずわたしほんとに会社に行かなくちゃいけないので、帰ってからまたこのおうちに寄らせていただいてもいいですか？」

「ですから、会社に電話をさせていただいたと言ったでしょう？」

穏やかな笑顔のまま、十六夜さんは続けた。

「あなたの体調がすぐれないので、今日は有休を取らせてくださいと伝えておきました。電話に出たのが龍己だったので、話を通しやすかったです」

「なっ……」

わたしは、またも固まる。いま十六夜さん、なんて言った？

「ゆ、有休って、そんな勝手に！」

「あなたは入社してからずっと無遅刻無欠勤だったそうですね。有休休暇も一度もとったことがなかったんでしょう？　なので少しくらい休んでも大丈夫だと龍己が言っていましたよ」

「かっ、勝手なことしないでくださいっ！　せっかく皆勤賞だったのに……！」

真顔で睨《にら》みつけても、こんな体勢じゃかっこうがつかない。十六夜さんを押しのけようとしても、どんなに暴れても彼はびくともしなかった。

それどころか身体を重ね合わせるように覆《おお》いかぶさり、首筋にキスをされる。

「あっ……、い、いやっ……」

「そう。そのかわいい声が聞きたかったんです」

ちゅ、ちゅっと連続して首や鎖骨にキスが落とされる。ゆうべ与えられた快感を、身体が覚えていた。びくびくとするのを必死に押さえ、「だめですっ！」と十六夜さんの胸に手を突っ張る。

「会社はそんな理由で休んでいいものじゃありません！　離してください、いまからでも会社に行きます！」

「私の気持ちよりも、会社は大切ですか？　一日だけでも空けられませんか？」

十六夜さんは、薄茶色の瞳に情熱の色をたたえている。どくんと心臓が音を立てた。やばい。わたしもスイッチが入ってしまいそう。

ゆうべのわたしは、本当のわたしじゃなかった。なにかのスイッチが入ってしまっていた。どうしてそんなスイッチが入ったのか、なにがきっかけなのかはわからない。だけど、ゆうべのように我を忘れて、十六夜さんに身体をゆだね、快楽を求めてしまいそうで恐い。

視線をそらしたいのに、そらせない。十六夜さんの瞳があまりにきれいだから、情熱の色があまりに魅力的だから、そらすことができない。

「仕事が大切だというのはわかります。私も自分の仕事は大切です。ですが、今日は大きな仕事も入っていないと龍己に確認を取りました。私はいますぐ、あなたを抱きたいんです。あなたと……ひとつになりたい」

「い、十六夜……さん」

お人形さんのように整った顔がちかづいてきて、唇にキスが落とされる。角度を変えて、もう一度。近い位置から、潤んだ瞳でまっすぐに見下ろされた。

「疑似《ぎじ》体験だけで、あれだけきれいに乱れたんです。実際にひとつになったら、どれほど魅力的なあなたが見られるかわからない。私は、普段よりもっと魅力的なあなたが見たいんです」

どうしよう。そんなふうに言われたら、ときめいて仕方がない。乱れたなんて言われて恥ずかしいのは確かだけれど、魅力的だったと言われてうれしくないかと言えば嘘《うそ》だった。

十六夜さんが、耳にキスをしてくる。びくんと身体が震えた。それ、だめ……！

「十六夜さん、やめてっ……わたし、それっ……、んっ、あっ……」

半ば覆いかぶさっている十六夜さんの身体を押しのけようとしても、耳にキスをされたり舌を這《は》わされたりすると、とたんに力が抜けてしまう。お腹の奥が甘く疼《うず》いて、勝手に腰がもじもじ動く。

開かれっぱなしだった足の間に、するりと十六夜さんの手が触れる。耳を愛撫されただけで身体じゅう敏感になっていたわたしは、「ひんっ！」と彼の身体にしがみついた。

十六夜さんはもちろんやめてなんかくれない。わたしの耳にキスを落としながら、秘裂をそろそろと撫でる。そのたびくちゅくちゅとはしたない音が立った。

「耳だけで、もうこんなに濡れている。ゆうべの名残《なご》りもあるでしょうけれど、いまだってあとからあとからあふれてきますよ」

「や、やだっ……言わないでっ……」

「言葉にしたら、ますます蜜液が出てきましたね。言葉で責められるのもお好きですか？」

「やめてって言って、やぁんっ！」

濡れた割れ目をなぞっていた長い指が、つと上のほうに移動した。花芽の皮をくりっと剥き、二本の指でつまんでコシコシ擦る。たちまち甘い刺激が襲ってきて、腰ががくがくする。

「やっ、十六夜さんっ……わたしそれ、だめっ……だめなんですっ……！」

「ここと耳、同時にかわいがってあげたら、あなたもゆうべのようにスイッチが入るかもしれませんね」

「だめ、やめてっ……ひぁんっ！」

たっぷり愛液を塗り込めた指でくりくりと肉芽を転がしながら、再び耳へのキスが再開される。耳たぶや穴の中を舌でなぞられ入れられ、くちゅくちゅという音がそこからするのか、秘部からもしているのかもはやわからない。恥ずかしいくらい、わたしは濡れてしまっていた。

きもちいい。自分の声が自分のものでないくらいに甘い。勝手に上がるこんな声、恥ずかしくて仕方がないのに、止めることができない。

きもちいい。もっと、……もっと……して、ほしい。もっと、きもちよくしてほしい。このきれいでドキドキする人に、たくさんきもちよくしてもらいたい。

十六夜さんの言うとおり、耳と花芽を同時に愛されて、本当にスイッチが入ってしまった。

頭の中がとろんとして、視界が潤んで見える。十六夜さんの背中に手を回し、ぎゅっとすがりついた。

「十六夜、さん……、……もっと……きもちよく、して……ください」

愛撫に身体をびくつかせながらだから、息が乱れてしまう。

十六夜さんは、そんなわたしの反応に、満足したようだった。

耳から顔を離し、小悪魔のような笑みを見せる。

「いい子ですね。身体も心も素直なあなたは、とても好きです」

そう言うと、十六夜さんは身体をずらし、わたしの足の間に顔を沈めた。

「ひぁっ⁉」

ぴちゃ、とそこから濡れた音が上がった。同時にびくんといままでで一番強い刺激が走る。

見れば十六夜さんが、わたしの一番感じる花芽を舌で愛撫しているのだった。

指でそこを広げ、キスしたり舐めたり吸ったりしている。そのたびぴちゃ、くちゅ、と淫猥《いんわい》な音が立つ。唇や舌で触れられるたび、息がかかるだけでもたまらない快感だ。

力が抜けるのに、お腹の奥がぎゅっとして、ひくひく震える。なにか、確かなものが欲しくてたまらない。そんなところを見られるのもかわいがられるのも恥ずかしいのに、それ以上に十六夜さんが欲しかった。

「ああ。かわいく膨らんできましたよ。さっきよりずっと舐めやすい」

「あっ……あっ、いやっ……十六夜さんっ……あぁんっ！」

「舌で下から上になぞられるのはどうですか？　それとも、左右にぷるぷる転がされたほうがいいですか？」

「やぁんっ！　あぁっ！　いやっ、もう……欲しい、ですっ……！」

肉芽への激しい愛撫に耐えかねてねだると、十六夜さんはちゅっとそこを吸い上げてくすりと笑った。

「だめですよ。あなたは初めてなんですから、もっとたくさんほぐさないと」

そんなの、むり。

わたしは必死にかぶりを振った。

「お腹の奥が、疼くんです……十六夜さんのが欲しいって、身体が言ってるんです……こんなふうにしたの、十六夜さんなんだから……責任、取ってください……」

「もちろん、責任は取ります。ですが、まだすっかりほぐれていません。きっと痛いですよ？」

「痛くてもいいです……早く、くださいっ……」

お腹の奥がじんじんしすぎて、涙まで出てきた。十六夜さんはそんなわたしの顔を見下ろして、は、と息をついた。

「そんな顔をして誘われたら、いまの私にはたまりません」

そして着物の前をくつろげ、黒いボクサーパンツの下着から、ぶるんと大きな肉棒を取り出した。

「えっ……」

そのあまりの大きさに、わたしは息を呑《の》んだ。

男性器を見たのは、これが初めてだった。うちのお父さんは恥ずかしがりやで、たとえちいさな子どもだとしても一緒にお風呂にだって入らなかった。だから、見るのは本当に初めてだ。

だけど、初めてだってわかる。こんなの、普通サイズのはずがない。握ろうとしても、絶対指が回りきらないだろう。わたしの指の五本ぶん？　いや、確実にもっとある。その倍くらいは絶対にある。

十六夜さんは肌が白いのに、そこだけは赤黒く、血管が浮き出ているせいか凶悪に見えた。鈴口からは透明な先走りがにじみ出ていて、十六夜さんも興奮してくれているんだとわかる。いや、そこがこんなふうになっているのだから欲情してくれているのはわかる。それは素直にうれしい。

うれしいけれど、……むり！

「ご、ごめんなさい、わたしやっぱり、あの」

力の抜けた身体を叱咤《しった》しつつ、足を閉じようとする。

だけど、十六夜さんはそれより早く、身体を割り込ませた。太い幹を握り、狙いを定めるように先端を秘部に固定させる。

意に反して、熱くて硬い切っ先の感触に、ぶるりと身体が悦《よろこ》びに震える。ちいさい膣口が、早くとねだるようにひくんひくんと収縮し、宛《あて》がわれた肉棒に吸いつく。

十六夜さんが、膝裏に手をかけた。

「いまさら、やめてあげられません。逃がしませんよ」

「だ、だって……そんなに大きいの、むりですっ……絶対挿入《はい》りませんっ……！」

するると十六夜さんは、そのきれいな顔を切なげに歪《ゆが》めた。

「私も、むりです」

「え……？」

「ここまで煽《あお》られて、本当に……もう逃がしてあげられない……っ……」

「あ、煽ってなんかっ……あぁっ⁉」

ぐぐ、と十六夜さんが腰を突き出してくる。少しずつ体重をかけるように、身体を重ねてくる。宛がわれていた肉棒の先端が、ズズッと狭い膣口を押し広げるように押し入ってきた。

みちみちと音がするかと思うほど、圧迫感が半端ない。入り口にも膣内《なか》にも、しみるような痛みがある。

耐えかねて、わたしは十六夜さんの胸を何度も押し返そうとした。

「十六夜さんっ……痛い……本当に、痛いんですっ……これ以上、挿《い》れないで……抜いて、くださいっ……」

すると、なぜだかいっそう十六夜さんの薄茶色の瞳に、欲情の色が強くなった。わたしの手を取って、ちゅ、と指先にくちづける。いとおしげに幾度もキスをすると、今度は唇に自分のそれを重ねてくる。

「ん、……んんっ……、ふぁ……っ……」

キスをされると、きもちがいい。甘くてふわふわして、夢中になる。

「そう。そうして力を抜いていてください。……いい子ですね」

「んっ、あっ、ああっ」

ちゅ、ちゅっとくちづけながら、十六夜さんはぐっと腰を進めた。ぐぷん！　と勢いよく根本まで収まりきり、いっそう激しい痛みが下腹部を襲った。

生理痛のときの鈍痛によく似ていて、その痛みの中心に、十六夜さんの硬い肉杭が感じられる。どくん、どくんと脈打つそれが、子宮の入り口まで当たっているのが感じ取れて、ああ、わたしはいま処女を喪《うしな》ったんだと理解した。

喪失感からだろうか、無性に切なくて涙が出る。

だけど、不思議といやだとは思わなかった。

十六夜さんのことが愛《いと》おしくてたまらない気持ちに駆られていた。

これも、ひとつになったからだろうか。異性とひとつになるって、つながるって、こういうことなんだろうか。みんな、そうなんだろうか。

……十六夜さんも、そうだといいな。

十六夜さんも、わたしとつながったことで満たされた気持ちになれていたらいい。

そう思ってそろそろと見上げると、十六夜さんの視線とぶつかってどきりとした。色素の薄い彼の瞳には確かに情欲の灯《ともしび》がある。

けれどその中に気遣う色も見えて、少しだけ身体の力が抜けた。

「……すみません。痛いですよね。もう少し、このままでいましょう」

「……ん、っ……」

十六夜さんは、どこかつらそうに吐息を荒くしている。

だけど、じっと動かずわたしを抱きしめ、何度も触れるだけのキスをくれた。

わたしが泣いているから、気遣ってくれているんだろう。

こういうときって、男の人って動きたいんじゃないんだろうか。いまだってわたしの中で、十六夜さんの屹立《きつりつ》が、びくびくともどかしげに震えている。

それを感じ取るとなおさら愛おしくて、勝手に膣内がきゅっと締まった。

「っ……つぐみさん。そんなに締めると、我慢がきかなくなります」

眉間にしわを寄せた十六夜さんの、その悩ましげな表情に、またどきんとする。

十六夜さん、すごく色っぽい。元から色っぽい人だとはわかっていたけれど、欲望をこらえているこんな顔も、すごく素敵だ。

——この人の、欲に駆られた顔がもっと見たい。わたしを求めてくれる姿が、もっと見たい——。

その衝動に駆られ、わたしは改めて、十六夜さんの背中に手を回した。

「つぐみさん……？」

「動いて、いいですよ」

痛くて笑顔を見せることはできなかったけれど、そのかわり、まっすぐ十六夜さんの目を見つめ返した。

「すごく痛いけど、……もっと十六夜さんのものに、なりたいです。だから、好きなように動いてください」

「っ……どうなっても、知りませんよ……っ」

十六夜さんは急《せ》くようにそう言うと、腰を動かしてきた。

「あっ、んっ、んぁっ」

急に始まった抽挿にびっくりして、慌てて十六夜さんにしがみつく。

十六夜さんは、最初から激しかった。ズッ、ズッ、と膣内を硬く膨らんだ肉棒が行き来し、膣壁を擦りあげ、ごつごつと奥をたたく。

入り口付近まで引き抜かれると、媚肉が引きつられるように引っ張られるような感じがして痛い。そして、その直後に子宮の入り口まで硬い亀頭を押し込まれると、それもまた痛くて苦しい。

だけど、十六夜さんの顔を見上げれば彼は悩ましげに顔を歪めていて、そんなにきれいで色っぽい顔をさせているのはわたしだと思うときゅんとする。

見惚れていると、十六夜さんはわたしの視線に気がついた。少しだけ、腰の動きが緩やかになる。

「すみません、私ばかりきもちよくなって」

わたしは、ゆさゆさと身体を揺さぶられながらかぶりを振る。

「十六夜さん、すごくきれいだから、いいです。見惚れて、ました」

素直にそう答えると、十六夜さんは驚いたように目を見開き、ふっと笑った。

さらに腰の動きが緩慢になり、膝裏にかけていた手が、左の乳房に置かれた。

「そんなふうに言われたのは、初めてです。……もっと突き上げたくてたまらなくなる。だけど、あなたは初めてなんだから、ちゃんときもちよくなりましょうね」

「初めてだから、痛いだけじゃないんですか？」

「それは一般論です。あなたにもちゃんときもちよくなってもらわなければ、私の気がすみません」

「で、でも、……ぁんっ！」

くりっと乳首を指で挟まれ、思わず声が上がる。

こりこりとそのまま転がされ、さらに口に含まれ舌でも蹂躙された。

「あっ、……あっ、十六夜さんっ……」

「ゆっくりだと、それほど痛くはないでしょう？　こうすると、きもちがいいんですね。膣内《なか》がきゅっと締まりましたよ」

「あっ、いやっ、それ……いやっ」

弱い抵抗をしてはいても、十六夜さんの言うとおり、わたしは確かに快感を覚えていた。膣壁を擦られながら乳首をいじられると、きもちがいい。確かにまだ痛みはあるけれど、じわじわと膣内に快感が伝わり、擦られることにもきもちよさを覚えてくる。

わたしが感じている確かな証《あかし》に、挿《い》れられる前のように、愛液がたっぷりとあふれ出してきていた。十六夜さんが腰を打ちつけるたび、くちゅ、ぱちゅ、と音が立ち始める。

十六夜さんは、赤く膨れ上がった乳首を舌で嬲《なぶ》りながら、にやりと笑った。

「蜜があふれてきましたね。滑りがよくなって、動かしやすいです。ペニスにまとわりついて、とてもきもちがいい」

「い、いやっ……！　そんなこと、言わないで……っ！」

「本当に、言葉にも弱いですよね。言ったとたん、また膣内が締まりましたよ。いまもほら、きゅうきゅう締めつけて私を離さない。初めてなのにここまで中で感じるなんて、あなたは本当に感度がいい。素直で、かわいい」

「ひぁっ！」

ぐぷぷ、と奥まで肉幹がおさまり、当たったそこでぐりぐりと擦られる。それが苦しいのにきもちがよくて、勝手に腰が動き始めてしまった。

「あっ、ぁんっ……十六夜、さんっ……それ、もっと……っ……」

「ぐりぐりされるの、きもちがいいですか？」

つん、と亀頭で奥を小突かれ、焦《じ》らされてわたしはこくこくとうなずいた。

「き、きもちいいっ……、もっと、してくださいっ……」

「では、クリトリスもかわいがってあげましょうね。あなたの大好きな耳も一緒に」

「あぁっ！　あっ、だめっ！　だめぇっ！　やぁぁんっ！」

ごつ、ごつ、と奥に亀頭を当て、ぐりぐり、と軽くえぐるように擦る。それを繰り返しながら、花芽の皮をくりっと剥き、二本の指で丹念に擦る。そうしながら耳にもキスをし、れろれろと舐めてくる。

もう、痛みよりも快感のほうが大きくなっていた。擦られるたび、奥をぐりぐり小突かれるたび、いざなわれるようにお腹の奥がじんじんしてくる。甘い疼きが膣内から全身へと広がっていく。

十六夜さんは、また少しずつ腰の動きを激しくしていく。耳を舐めてくれているから、はっ、はっという十六夜さんの色っぽい吐息も聞こえて、それがまた興奮をあおった。

「ああ、あなたのここ、泡立っていますよ。入り口も膣内もひくひくしてきましたね。もう少し、でしょうかね」

なにかを確かめるように、十六夜さんがぐるりと腰を回す。中で肉棒に撫で回されるようなその動きに、ひくひくっと膣壁が収縮するのがわかる。

いやだ。そんなもどかしい動き、しないでほしい。そんなねっとりかき回されたら、もっと強い快感が欲しくなってしまう。

「もっと、奥……」

気がつけば、わたしは必死にねだっていた。ゆうべのように。さっき挿《い》れられる前のように。

「もっと、奥がいいです……奥を、突いて……十六夜さんの、いっぱい、ください……っ……」

十六夜さんはごくりと喉仏を動かすと、肉芽を擦るのはそのままに、もう片方の手でわたしの腰をがしりと固定し、がんがんと強く腰を打ちつけてきた。硬い切っ先が奥まで届き、ゴッゴッと存在を主張する。

苦しい。苦しいけど、きもちがいい。そう感じられるのは、耳や肉芽も同時に愛されているからもあるだろう。

ああ、もう。

もう、そんなことどうでもいい。きもちいい。もう、だめ――！

「あっ、あっ、十六夜さんっ、あっ、あぁっ、あぁぁあぁぁあぁっ――‼」

花芽全体を円を描くように撫で回され、耳の中に舌を入れられた瞬間、わたしは官能の階段を駆け上がっていた。ゆうべイったときよりも、激しい絶頂だった。

全身がびくびく痙攣《けいれん》し、息もできなくなるほどの強い刺激に耐えられず、十六夜さんの身体にしがみつく。膣内もずっとぎゅうぎゅう十六夜さんの強直を扱くように締めつけ、うねっている。

いったん動きを止めてくれていた十六夜さんは、ちゅっと一度、唇に優しいキスをくれた。

「あなたの中、うねって……私のものを扱いてくれていますね。あなたがイけて、よかった。……ふふ、かわいくてたまりません。もっとあなたを……犯したい」

耳元でささやかれ、きゅうっとさらに膣内が締まった。く、と十六夜さんが喉を鳴らす。

「ふふ、そんなに反応して……そんなに私に犯されるのを気に入ってくださったんですか？」

「ち、違っ……」

「でもあなたのここは、もっとしてくれって動いていますよ？」

確かにわたしの膣内は、まだ震えているけれど。それは達したからで、と言いかけたわたしの唇を奪い、十六夜さんはぺろりと自分の唇を舐めた。野性的なその表情に、どきんと心臓が跳ねる。同時に、膣内もまたひくんと強くひくついた。

「お望みどおり、犯してあげますよ。いまは私ももうイきそうですから、そのあと、またたくさんしてさしあげます」

「あっ⁉」

がしっと両手で腰をつかまれ、また激しい抽挿が始まる。

ぐっぷぐっぷと卑猥な音が部屋中に響き渡り、耳まで犯されているみたいに恥ずかしい。だけど、やっぱり同時に興奮もしていた。

なにより、さっきよりももっときもちがいい――――！

「いやぁっ！　十六夜さん、これ、だめぇっ！　きもち、よすぎて……おかしく、なるっ……！」

「イったばかりの膣内を擦られると、そうでしょうね。ゆうべから勃《た》ちっぱなしでなければ、いまももっとしてさしあげられるんですが」

「もうっ……もうだめっ！　やめてぇっ！　あぁっ……ま、また、わたしっ……！」

「イきそうですか？　ああ、私ももう本当に……あっ、あっ、出る……イく……イく……っ……！」

「あぁあぁぁぁ――っ‼」

ずぷん！　とひときわ強く突き入れられたのと同時に、わたしは再び絶頂に達していた。

さっきよりももっとひどい快感に、頭が真っ白になる。目の前でチカチカと火花が散り、視界がにじむ。

十六夜さんがぬぽん、と肉棒を引き抜いた瞬間、濡れた鈴口から、びゅっ、びゅるっと白濁した液体が大量に噴出されるのが見えた。

これが射精、なんだ。

ぼんやりした意識の中、わたしはそう理解した。

精液は本当にたくさん出ていて、わたしの下腹部やお腹、胸、顔にまで飛んできた。十六夜さんは肉幹を自分の手で扱いて最後の一滴まで絞り出すと、はぁっと深いため息をついた。

イった瞬間の十六夜さんも、射精《だ》しているときの十六夜さんも、とてもきれい。すごく、色っぽい。

そんなことを思いながら、わたしは心地よいだるさに身を任せ、目を閉じた。

第三章

「なあ、崎原。おまえマジで体調悪そうだぞ」

沖安くんにそう声をかけられたのは、今日これで何回目だろう。

ぼんやりと振り向くと、彼は心配そうに眉根《まゆね》を寄せていた。

「やっぱり家に帰ったほうがいいんじゃないのか？」

「大丈夫。ありがとう」

のろのろと、仕事に戻る。

今日は確かに大きな仕事はない。通常業務で書類とデータ整理くらいしかしていないけれど、ミスが出ないように注意しなくちゃ。昨日みたいにミスの連発なんて、わたしらしくないことは二度としたくない。

まだなにか言いたげだった沖安くんは、営業の人に声をかけられて対応しに去っていった。

身体がだるい。疲れてもいる。だけど、体調が悪いわけではない。

問題は、そのだるさも疲れも心地のよいものだということだ。

座り直しただけで、ずくんとお腹の奥が疼く。軽い鈍痛なのだけれど、それが快感につながってしまうのだ。

数時間前、膣内《なか》に入っていた十六夜さんの熱くて硬い屹立の感触が、まだ抜けない。まだ中に入っている気がする。入り口や中にひりひりと痛みも感じるのに、それすらきもちよく感じてしまうのだから、わたしはおかしいのかもしれない。

わたしは十六夜さんが達した、そのほぼ直後、また意識を失ってしまった。

目を覚ましたときには、わたしは薄桃色に白い蝶《ちょう》と毬《まり》の柄《がら》の浴衣を着せられていた。新品の着物特有のにおいがして、十六夜さんが用意してくれたのかなと推測した。今日会社に着ていく服も用意したと言ってくれていたから、きっとそうなのだろう。おそらく、寝間着のかわりなのだと思う。

そっと身体を起こして部屋を見回してみても、十六夜さんの姿はない。

浴衣の下にはショーツだけつけていて、それも真新しい、白地に淡いピンクのリボンがついたかわいらしいものだった。そういえば下着も用意してくれたと言っていた、と思い出して顔が熱くなる。

これって、もしかしてもしかしなくても十六夜さんが着せてくれたんだ。

そう思うと、いてもたってもいられなくなって、起き上がる。

汗やなにやかやで汚れているはずの肌は、けれどさらさらときれいだった。濡らしたタオルかなにかで、十六夜さんが拭《ぬぐ》ってくれたのだろう。蜜液であふれていた秘部も、きちんと拭われている。

はっと気がついてシーツを見てみたけれど、わたしの血で汚れているはずのそれも真っ白なままだった。しわもなかったから、シーツも取り替えてくれたのだろう。

もう、なにからなにまで至れり尽くせりで、恥ずかしいし申し訳がない。

眼鏡は枕元に置いてあり、それをかけて時計を見ると、十二時を回るところだった。窓からまぶしい陽射《ひざ》しが射し込んでいることから考えて、お昼過ぎなのだろう。

わたし、あれからまた気を失ってしまったんだ。

そのあいだに十六夜さんは、いろいろしてくれたのだろう。

そう理解すると同時に、十六夜さんとした行為を思い出し、かぁっと耳まで熱くなった。

まだ、あちこちに十六夜さんの感触がある。身体の中にも、外にも。

十六夜さんのキス。優しく愛撫《あいぶ》してくれた指、舌。わたしの中に挿入《はい》った、十六夜さんの熱くて硬いもの――。

十六夜さんの吐息すらまざまざと脳裏に浮かんできて、わたしは急いで自分の荷物を探した。

食堂スペースに置いたままだったそれを見つけて抱えると、浴衣の上にゆうべ着てきたコートを羽織る。昨日着てきた服は、十六夜さんが洗濯でもしてくれている最中なのか、見当たらなかった。

そして、その変なかっこうのまま、逃げるように十六夜さんの家を出た。

いや。

正確には逃げるように、ではない。

本当に、逃げたのだ。

十六夜さんから。十六夜さんとした、事実から。

十六夜さんは、スイッチが入ったと言っていた。わたしもたぶん、スイッチとやらが入ってしまったのだと思う。

だけど、だけど。

あんなふうに恥ずかしく乱れたなんて、認めたくない。あんなに快楽に溺れ、淫らなことを言っただなんて信じたくない。

わたしはもっと地味でまじめで、特にそういうこととは縁遠かった。そのはずだ。

——なのに。

わたしは昨日からたった一日のあいだに、一足飛びにとんでもないことをしてしまったのだ。

相手が十六夜さんだったから、まだいい。彼は、婚約者だから。いずれは結婚する人で、いつかはこういうこともするであろう相手だったから。

というか、婚約者相手にだけわたしはああなったのだと信じたい。

きっと十六夜さんが婚約者だということと、十六夜さんの愛撫が上手だったから——そう思いたい。

　家を出るとき、そうだ、鍵をどうしようかとはっとした。

　このまま鍵をかけないままだと、物騒だ。

　十六夜さんほんとごめんなさい、と申し訳なく思いつつ、スペアキーが置いていそうなところを探させてもらった。家の中を探すのはさすがに失礼すぎると思ったから、玄関の外のまわりだけ。ベタだけれど、植木鉢の下や郵便受けの中など。

　スペアキーは、郵便受けの中にあった。二重底になっていて、その中に入っていたのだ。手で探っていたらカタンと底が軽い音がしたから気がついた。すごく簡単なつくりだ。

　これじゃ本当に物騒だと思いつつ、スペアキーを使わせてもらい、扉に鍵をかけた。鍵はそのまま、また郵便受けの中に戻しておいた。

　携帯からタクシーを呼んで近くまできてもらい、家に戻った。こんなかっこう誰にも見られたくなかったけれど、歩きだと通行人にばっちり見られてしまう。

　案の定タクシーの運転手さんも妙な顔をしていたけれど、じっと目を閉じて座席にもたれかかっていると、寝たと思ったのだろう、話しかけてはこなかった。

　幸い、家にお母さんはいなかった。

　さっきタクシーを呼ぶとき携帯を見たら、「今日もお父さんの面会に行ってきます」とメールが入っていた。

とりあえずちゃんと身体をきれいにしよう。

着替えを用意し、浴槽にお湯を張り、お風呂に入る。

身体のすみずみまでボディーシャンプーできれいに洗い、シャワーで流す。少し熱めに入れたお湯に肩までつかると、ようやくほっと息がつけた。

安心したとたん、ぐうっとお腹が鳴る。もうお昼なのに、朝からなにも食べていない。それどころかあんなに身体を動かしたから——。

そう思うと、また十六夜さんのことを思い出してのぼせそうになる。

十六夜さんは、どんなつもりでしたんだろう。

いや、きっと深い意味はない。

だって、わたしは婚約者なのだ。順序は踏みたいと言っていたけれど、十六夜さんもそういうスイッチが入ったと言っていたし、婚約者相手の女性にだったらと、彼も安心してそういう行為に及んだのだろう。

そう考えると少し淋しさを感じた。

強引だったけれど、十六夜さんは優しくもあった。

激しかったけれど、労《いた》わってもくれていたし気遣ってくれていたと思う。

十六夜さんの手のぬくもりは、すごく心地がよかった。

今回は十六夜さんは服を着たままだったけれど、次はちゃんと肌と肌を合わせたい。

十六夜さんの、ぬくもりを感じたい――。

「っ……やだ、わたし……」

なにを考えているんだろう。

今回の行為を恥じているというのに、次のことまで考えるなんて。

もっと、ちゃんと自分を取り戻そう。本来の自分に、ちゃんと戻らなくちゃ。

自分を叱咤《しった》し、ぱん、と強く両頬を叩《たた》いた。

家でまったりしていると、いやでも十六夜さんのことが頭に浮かんでしまう。

この時間から出社したことなんてなかったけれど、いろいろと出ないよりましだろうと、手早く支度をして会社に行った。

沖安くんをはじめとした会社のみんなは、半日でもわたしが会社を休んだことに驚いたと言っていた。

「ほんとにおまえ、いままでどんなに体調が悪くても休まなかったもんな」

そう沖安くんが言うとおり、ひどい風邪を引いたときだって休んだことはなかった。

そうならないよう、極力体調には気を遣ってきたのも事実だ。

それでもどうしても体調が悪いときだって、仕事に没頭すれば身体のことなんて忘れることができた。仕事をすることが、自分が少しでも必要とされているのだと思うことができたから。

だけど、今回はわけが違った。

ミスこそしなかったけれど、仕事中にも十六夜さんのことが頭から離れない。身体の中にまだあの感覚があるからだとも思うけれど、それにしたってひどい。

思い出せば、恥ずかしいしきもちよかった感覚まで思い出してしまうしで、顔も身体も火照ってくる。疲れもだるさすらも心地がいい。

十六夜さんのことが、……恋しい。

こんなの、絶対おかしい。

身体から入る恋があるとは、よく聞く。

だけど、それは本の中での話だ。物語だ。少なくともわたしの周りに、そういう実体験を持った人はいない。

ましてや、まじめで通ってきたわたしがそんなこと、あるわけがない。あっていいはずがない。

もしさっき一度抱かれただけで十六夜さんに少しでも恋をしてしまったのだとしたら、それはあってはならないことだ。十六夜さんにも失礼だし、ぜんぜんわたしらしくない。

もしこのまま十六夜さんのことを本格的に好きになったとして、なんて告白すればいいのだろう。

抱かれたときから好きになり始めていました、なんて口が裂けても言えない。

十六夜さんは、身体目当ての女性にうんざりしているのだ。婚約自体が破棄されかねない。

しばらく、十六夜さんと会うのはよそう。頭を冷やそう。

これは、きっと熱病のようなものだ。恋は熱病だというけれど、これは絶対にそうだ。きっと一過性のもの。

免疫がないところへへたにきもちよく抱かれたりなんかしたものだから、意識してしまっただけだ。好きになり始めたという錯覚を感じるだけだ。

自分にそう言い聞かせ続け、なんとかその日の業務をミスなく終えることができた。

そのあいだ、十六夜さんからメールや着信があったりしたけれど、ことごとく気づかなかったふりをした。携帯は本当は電源ごと落としてしまいたかったのだけれど、お父さんになにかあったらと思うとそれもできなかった。いざというときのことを考えると、電源までは落とせない。

うちの会社は午後五時に終業時間で、この時期、外はもうだいぶ暗い。

「崎原、おまえバスだろ？　家まで送っていこうか？」

沖安くんがそう言ってくれたけれど、「大丈夫。ありがとう」と丁寧に断った。

こんなに心配してもらって、その気持ちだけでもじゅうぶんうれしいしありがたかった。

ビルから一歩外に出たところで、わたしはびくりと足を止めた。

そこに、見覚えのありすぎる黒い車が停まっていたから。

もしかしてもしかしなくても、これって十六夜さんの車だ……！

まさかと思って足をすくませていると、車内からわたしの姿が見えたのだろう。その車の持ち主が、運転席から降りてきた。

和服をきれいにきこなした、お人形さんのようにきれいなその人は、確かに十六夜さんその人だった。

「ど、どうしてここに……？」

目の前まで歩いてきた十六夜さんを、信じられない思いで見上げる。十六夜さんは、なぜだかとても不機嫌そうに眉間にしわを寄せていた。きれいでかっこいい人って、こんな表情をしていてもさまになるのだからずるいと思う。

「打ち合わせで留守にしているあいだに出ていくなんて、ずいぶんですね。女性に逃げられたのは初めてです」

「ご、ごめんなさい」

そうか。十六夜さんがさっき家にいなかったのは、仕事の打ち合わせのためだったんだ。

十六夜さんから逃げる女性なんて、そうそういないと思う。わたしは臆病なだけだ。臆病だったから、十六夜さんから逃げただけ。

わたしがもっと自分に自信のある人間だったなら、逃げずにいられたかもしれない。

「メールにも反応ないし、電話にも出ない。ちょっと心配になりましたよ。龍己に確認を取ったら会社にいるということだったので、よかったですが」

「ごめんなさい……っ……」

十六夜さん、心配してくれていたんだ。

確かに、いきなりいなくなったうえ連絡が途絶えたりしたら、誰だって心配になるかもしれない。

「逃げたことは、謝ります。ひと言、あってしかるべきでした。それは本当にごめんなさい」

でも、とわたしは続けた。

「わたし、いままでずっとまじめで通ってきたんです」

言い訳になると知りつつ、いまの自分の素直な気持ちを告白した。そうでなければ、十六夜さんにもっと失礼なことになってしまう。

「なのに、ゆうべも今朝もあんなふうになって、……自分で自分がどうなってしまうか恐くなったんです。まだ身体に十六夜さんの感覚が残っていて、それがだるかったり疲れたりしているのに心地よくもあって……ちょっときもちいいだなんてことも感じちゃうんです。わたし、これ以上このまま十六夜さんといたらどんどんおかしくなっていっちゃうのかもしれません」

だから、とわたしはぎゅっと拳を握りしめた。

「わたし、十六夜さんの期待にこたえられないと思います。ううん、こたえてしまいそうで恐《こわ》いんです。またきもちよくなっておかしくなっちゃいそうで、自分が自分でなくなってしまいそうで……。だから、自制しようと思います。十六夜さんと会わないように、触れられてもきもちよくならないように。それでもしそんなわたしで物足りないようだったら、期待外れのようだったら、いつでも婚約破棄してくれてかまいません」

本当は、婚約破棄なんてしてほしくない。このまま、十六夜さんと一緒に未来を歩んでいきたい。

だけど、それはわたしのわがままだ。

地味でまじめなわたしは、地味でまじめな暮らしがしたい。いままでの生活のままのほうが、落ち着くからだ。

そこにもし十六夜さんがいてくれたら、きっとうれしい。きっと幸せになれる。十六夜さんは、優しいから。少なくともわたしを女性として扱ってくれた。セックスのときに少々強引になろうが、そんなことはいい。

問題は、わたしのほうにある。

強引にされて、わたしは悦《よろこ》んでいた。言葉でも身体でも犯されるたび、身体も心も快感に打ち震えていた。そんなの、絶対おかしい。

十六夜さんに、地味でまじめに暮らしてくださいだなんて言えない。わたしの未来絵図のとおりに生きていきましょうだなんて、わがままだ。

だから、十六夜さんに選択を任せた。

黙って聞いてくれていた十六夜さんは、ふうっと息を吐いた。冷たい空気にさらされた吐息が、白く流れていく。

「きもちよくなることを、恥じることはありませんよ。むしろ、あれだけ感じてくれて、私はうれしいです」

やがて口を開いた十六夜さんは、優しい瞳をしていた。それを見て、ほっと肩の力が抜ける。

「ほんと、ですか。引いたり、しませんか」

「しません。逆に、もっと乱れさせたくなります。普段地味でまじめなあなたが、あれだけ乱れるなんて誰も想像していないでしょうね。私もそうでした。だから、実際に乱れたあなたを見て、私の箍《たが》も外れてしまったんです。言ったでしょう、スイッチが入ったって」

確かに、十六夜さんはスイッチがどうとか言っていた。

「あんなの、私も初めてだったんですよ。いつもならどれだけ勃っても我慢がきくのに、あなた相手にはむりだった。きっと身体とか雰囲気の相性がいいんでしょうね」

「相性、ですか」

「ええ。身体の相性ってとても重要なことですよ。もちろん、気持ちも寄り添っていないと破綻するとは思いますが」

身体の相性というのも、あるとは知っている。

それってどんなふうなことを言うんだろう。貝合わせのようにぴったりくる、と十六夜さんの本に書いてあった気がする。

わたしと十六夜さんって、そんな感じなんだろうか。少なくとも、十六夜さんはそう感じてくれているみたいだ。

「だとしたら、……ちょっと、うれしいかも……です」

「あなたがそう思ってくださると、私もうれしいですよ」

ふ、と十六夜さんの目元が和む。

周りの空気まで、ちょっとやわらかくて優しい感じがする。十六夜さんのこういう表情、すごく好き。

わたしまで心が和んで、ほっと息をつく。

十六夜さんは、そっとわたしを抱きしめてくれた。ふわりと甘い香りがして、危うく陶酔してしまいそうになる。

「家に戻ったらあなたがいなくなっていたから、びっくりしました。すごく落ち込みましたよ、逃げてしまうくらいひどい気持ちにさせたのかと思って」

「そ、それは違います！」

わたしは、慌てて顔を上げて否定した。

「ひどい気持ちになんて、なってません！　ほんとに、ただあんなにきもちよくなっちゃった自分から、その現実から逃げ出したくて……！　それくらい、ひどいくらいきもちよかったんです！　このままじゃいけないって思うくらいに！」

必死に撤回しようとするわたしに、十六夜さんはふふっと笑った。わたしを胸の中に抱き込んだまま、ぽんぽん、と頭を撫でてくれる。

「だったら、よかった。私は愛想をつかされたりはしていないんですね」

「当たり前です！　愛想をつかされるとしたら、わたしのほうで……！」

「本当に、あなたはかわいいですね」

また十六夜さんは、根拠のないことを言う。おせじに聞こえないくらい優しい声色だから、錯覚してしまいそうだ。

十六夜さんに言われると、本当にそんな気分になってくる。かわいいと言われて、恥ずかしいけれどうれしいし自信が湧いてくる。

言霊《ことだま》ってよく聞くけれど、本当だ。

十六夜さんの声にも言葉にも、魔力があると思う。

「尋ねるのが遅れてすみません。身体は大丈夫ですか？　今日はゆっくり横になってゆっくり休ませてさしあげたかった」

「大丈夫です、ありがとうございます。確かにだるかったり疲れたりもしていますけど、あの……さっきも言ったとおり、心地がいいので……」

若干ではあるけれど、きもちよさも感じてしまっている自分はどうなんだろうと思ってしまう。十六夜さんが心配してくれているのに、初めてなのに開発されすぎだと思う。

十六夜さんは、くすっと笑った。

「つらくないのなら、よかった。ずっと気がかりでした」

「十六夜さん、いつからここで待っていてくださったんですか？」

ふと気がついて尋ねると、「そんなつまらない話はどうでもいいです」と優しい笑顔でかわされてしまった。

車の中だから暖房はきかせていただろうけれど、もしかしたら一時間二時間の話じゃないかもしれない。携帯も、十六夜さんからのメールも着信も見ないふりをしていたのが悔やまれる。

「送っていきます。初めてなのにだいぶむりをさせましたから、しばらくはゆっくり休んでください。会社は仕方がないですが、だめだと思ったらむりせず休暇を取ってくださいね」

「はい。ありがとうございます」

十六夜さんに包まれて、心も身体もほっこりとあたたかい。

誰かに抱きしめられるのって、こんなにも心地がいいものなんだ。

十六夜さんの甘い香りを胸いっぱいに吸い込んで、ああ、幸せだ、と思った。

＊＊＊

週末までは仕事が追い込みになると、十六夜さんは言っていた。

けれど、仕事が終わると必ず迎えにきてくれ、帰りに一緒にごはんを食べた。

「あなたを家に呼ぶと、たぶんまたスイッチが入ってしまうと思います。せめて週末まではあなたの身体を休ませてさしあげたいので、外食ですみません」

十六夜さんはそう言ったけれど、その気持ちがありがたかった。

わたしに欲情してくれるというのも、変な話、うれしい。ちゃんと女としての魅力があると実感できるし、求められていると思うともっと自分を磨かなくちゃとモチベーションも上がる。

キスをしても最後までしたくなるかもしれないから、と、十六夜さんはそれもしなかった。せいぜいが別れ際、わたしの家まで送ってくれたときに、車の中で「おやすみなさい」と額にキスをくれる程度だ。

わたしは、それだけでもじゅうぶんだった。

額へのキスは、大事にしてくれているんだなと実感できて、うれしい。ふくふくと胸の中があたたかくなる。心地よく、くすぐったい。

こんな気持ちになるのも、初めてのことだった。

街で評判のカフェや、イタリアンのお店、この前の「つるのいと」でカニ料理を食べたりと外食先もさまざまだったけれど、十六夜さんと食べるごはんはどれもとてもおいしかった。穏やかに話しながらきれいに食べる十六夜さんを見ていると、胸が甘酸っぱくなる。

十六夜さんの笑顔ひとつで、胸がトクンと鳴る。

わたしは間違いなく、恋に落ちたのだ。

手がちょっと触れただけでドキドキして、愛おしい気持ちがこみ上げてくる。抱きしめたい、抱きしめられたい気持ちが強くなる。

これが、人を好きになるということなんだ。

もっと触れ合いたくて、十六夜さんのすべてが欲しくなる。もっとずっとたくさん、十六夜さんと一緒にいたい。家の前で別れてしまうのが、惜しい。

週末くらいになると、わたしはそう感じるようになっていた。

だけど、その気持ちを口にすることはできなかった。

勇気が出なかった。

それに、なんて言えばいいんだろう。本当に、身体に触れられたから好きになっただなんて。

十六夜さんは、身体から入る恋愛なんて求めていないはずだ。それだったら、周囲にいる女性のうち適当に相応な誰かを婚約者として見繕《みつくろ》うはず。

わたしとは、恋愛はしなかったとしても、という前提だ。わたしとは恋愛なんかするつもりなかったのかもしれない。

身体に触れたのだって、成り行き上だった。十六夜さんが執筆に行き詰まっていなければ、ありえなかった。

そうでなければ、もう少し段階を踏んでからだったと思う。

十六夜さんは、とても礼儀正しい人だから。自分の身体や家柄や、そういうの目当てのおつきあいはしたくなかったはずだから。

好きだと告白するのは、もう少し時が経《た》ったらにしよう。

もう少し何年かおつきあいして、結婚する直前くらいになったらにしよう。

そのくらいのころになれば、きっと告白してもおかしくない。おかしいと思われない。と、思う。

＊＊＊

そんなこんなで、その週末。

わたしは十六夜さんに連れられて、彼の実家にきていた。

予定どおり、今度は十六夜さんのご両親にご挨拶にきたのだ。

十六夜さんが一人暮らしをしている家も広かったけれど、ご実家はもっとすごかった。

見上げるくらい背の高い門がでんと構えており、広大な敷地はすべて塀で囲われている。庭も入れるとかなりの面積で、一般的な一戸建てが三、四軒は余裕で入ってしまいそうだ。

庭もお家も純和風で、植木の手入れも行き届いている。冬の花々もきれいに咲いていて、彩《いろどり》を添えていた。

石灯籠《いしどうろう》や東屋《あずまや》なんかもあり、そのほかに離れもいくつかある。ところどころに人がいてお庭の手入れや家の駐車場に何台もある車のお手入れなんかもしていて、彼らは使用人の一部なのだと十六夜さんに教えてもらった。

十六夜さんて本当に、わたしとは別世界の人だったんだ。

それがひしひしと伝わってきて、否応《いやおう》なしに緊張感も増す。

頑丈そうな大きな木造の扉を開き家の中に入れてもらうと、ふわりとひのきに似たいい香りがした。

「十六夜さんの家もいい香りがしましたけど、ご家族のどなたかも香をたくのがお好きなんですか？」

尋ねてみると、

「そうですね。母が好きでいろんなお香を集めています。この香りは母が特にお気に入りのもので、母なりにあなたのことを歓迎しているんです」

と返ってきたので、恐縮してしまった。

だけど、歓迎してくださるのはとてもうれしい。これはご期待にこたえなくちゃと、一度深呼吸をして気持ちを落ち着かせた。

「お帰りなさいませ、紫苑さま」

品のよい感じの初老の男性が、十六夜さんに向け丁寧なお辞儀をする。

「うん、ただいま。父さんと母さんは奥の部屋？」

「はい。いつものお部屋でお待ちしております」

「わかった。ありがとう」

初老の男性が、こちらを見てわたしにも挨拶をしてくれる。

「あなたが紫苑さまの婚約者の崎原つぐみさまですね。紫苑さまから承っております。私、執事頭の田島《たじま》と申します。お見知りおきください」

「あっ……は、初めまして！　崎原つぐみと申します！　よろしくお願いいたします！」

わたしも慌ててお辞儀をする。

十六夜さん、わたしのこと紹介してくれていたんだ。ご実家に挨拶にくるお話だったから当たり前だと思うけれど、自然と背筋がピンとする。

それに気づいたのか、十六夜さんがわたしの背中に手を添えてくれた。

「そんなに改まらなくても大丈夫ですよ。父も母も気がいいし、とにかく私に身を固めてもらいたがっていたので、今回のことはとても喜んでいたんです。つぐみさんはリラックスして、好きなようにしていて大丈夫ですよ」

「あっ……ありがとうございます」

そんなふうに言ってくれると、本当にありがたい。

今日訪問するにあたってこんなことならもっと自分に磨きをかけておかなくちゃとも思った

けれど、今日は自分でできる精一杯のことをした。

「明日はおしゃれをしようと思わないで。普段のあなたできてください」

十六夜さんがそう言ってくれたのも、あえてなのだろう。おしゃれし慣れていないわたしがおしゃれをしようとすると、一番最初のデートのときみたいになる。そう思ったに違いない。それは確かにそうかもしれないと、わたしも思う。

持っていた中で一番いい、藍色のスーツにした。普段のわたしであればスカートはまずはかないから、履き慣れているスーツのズボンだ。お化粧も、口紅程度。

あまりにしゃれっ気がないのでかえって失礼かもと思ったけれど、十六夜さんは今日は素のわたしできてほしいと言ってくれているんだしと言い聞かせてきた。

今日出がけに玄関の鏡を見てきたら、本当に地味でまじめを絵に描いたような女だなとちょっと落ち込んだ。

あんなにきれいで上品で、魅力だらけの十六夜さんにつりあう人間ではない。

だから、せめて今日は誠実であろう。十六夜さんにも、十六夜さんのご両親にも。

十六夜さんとの出逢いのことなどについては、十六夜さんと打ち合わせをしたとおりに嘘をつくことになるけれど、そこのところはいきなり真実を言ってしまうと十六夜さんにも失礼だし十六夜さんのご両親のことも驚かせたり失望させたりするかもしれない。

少し心が痛んだけれど、これは仕方がないことと、むりやり自分を納得させた。

廊下も広くて長く、耳が痛いくらいにしんとしている。十六夜家の敷地が広すぎるので、近所の喧騒《けんそう》なども聞こえないのだろう。もっとも、ここも高級住宅街なのでそんなものも普段は聞こえないのかもしれない。

十六夜さんは襖《ふすま》のいくつかを通りすぎ、奥のほうの前で立ち止まった。

「父さん、母さん。入りますよ」

十六夜さんが声をかけると、部屋の中から応じる声がした。

「おお、入れ入れ」

「待っていましたよ」

十六夜さんが襖を開け、わたしの背中に手を添えてうながす。そろそろと部屋の中に入ると、中はとても広かった。二十畳くらいはあるんじゃないだろうか。

純和風の部屋で、真ん中には立派な掘りごたつがある。お花が活《い》けられていたり茶道具が置かれていたりするけれど、ほかにあまり物はない。それだけに、よけいに広く感じられた。

窓の障子は開け放たれていて、うららかな午後の陽射しが射し込んできている。

ひのきの香りが一段と強くなったことを考えると、この部屋に置かれたもののどれかがお香をたく道具なのかもしれない。

緊張がぐっと高まって、それを探すどころではなかった。

掘りごたつには、和服姿の初老の男性と女性が座っていて、ふたりとも上品な笑顔を浮かべている。穏やかで優しそうで、そしてふたりともとてもきれいな顔立ちをしている。

初老の男性のほうが、口を開いた。

「初めまして。あなたが崎原つぐみさんですね。私は紫苑の父で、十六夜光臣《みつおみ》と申します。私も家内も、紫苑に話を聞いてからあなたがくるのをとても楽しみにしていたのですよ」

続いて、女性のほうが自己紹介をする。

「わたしは紫苑の母の、りつ子と申します。どうか肩の力を抜いて、楽にしてくださいね」

わたしも急いでお辞儀をした。

「初めまして！　紫苑さんとおつきあいさせていただいております！　崎原つぐみと申します！　このたびはこんなかっこうで失礼をいたします！」

変なことを言ったつもりはないのに、ご両親は顔を見合わせ、ぷっと吹き出した。くすくす笑いながら、席をすすめてくれる。

「これはこれは、紫苑に聞いていたとおりのお嬢さんなのですね。さ、どうぞおかけください。紫苑、おまえがいつまでも立っているとつぐみさんが気を遣うだろう。さっさと座りなさい」

「ああ、これはすみませんでした。こんな日がくるなんて自分でも思っていなくて、つい浸ってしまいました」

十六夜さんはにこにこと上機嫌にそう言い、わたしの背中に手を添えたまま、エスコートしてくれる。

うながされるまま並んで掘りごたつに座ると、足元はぽかぽかとあたたかかった。

掘りごたつの経験は初めてだったけれど、これは快適だ。

このお屋敷にくるまでは車で、外に出ることはほとんどなかったけれど、それでも足は冷えきっていたらしい。掘りごたつの熱がじんわりと穏やかに、つま先からあたためてくれる。すぐに身体じゅうがぽかぽかとしてきて、自然と肩の力が抜けてきた。

掘りごたつ効果なんて言葉があるのなら、こういうことを言うのかもしれない。そしてそれを見越してこの掘りごたつのあるお部屋に招待してくださったのなら、十六夜さんも十六夜さんのご両親も、とても心があたたかな人たちなのだな、とうれしく思った。

「つぐみさんは、紫苑とはご友人の紹介で知り合ったそうですね。紫苑とつきあってみて、いかがですか？　結婚は人生の大きな起点です。紫苑が相手で後悔しませんか？」

ほっと一息ついたところへ、お義父《とう》さんからいきなり突っ込んだことを聞かれ、どきりとする。

見ればお義母《かあ》さんのほうも、真剣な瞳の色をしていた。

けれどお義父さんもお義母さんも、変わらずその中に優しい色も確かにあった。

お義父さんもお義母さんも、きっと本当に心の底からわたしのことを歓迎してくれている。

けれどそれ以上に、ひとり息子である十六夜さんの行く末が心配で、わたしのことをも気遣ってくれている。そのことが、ひしひしと伝わってきた。

わたしのお父さんとお母さんも、そうだった。

十六夜さんを連れて面会に行ったとき、結婚の話を手放しで喜んでくれた。心配しつつも十六夜さんのことを気遣ってくれていた。

わたしと十六夜さんって、生まれや育ちや性格も、なにもかも違うけれど、こういうところは似ているのかもしれない。

お義父さんとお義母さんがこんなに心配しているのなら、気遣ってくれているのなら、ちゃんとしなくちゃ。

そう思ったから、姿勢を正して答えることができた。

「十六夜さん……紫苑さんは、とても優しくしてくれます。女性として当たり前のように扱ってくれます。わたしはそれが、とてもうれしいんです。わたしはこんな見た目で性格も面白味《おもしろみ》がないので、男性にそんな扱いを受けたことがなくて、だからなおさら幸せを感じます。紫苑さんといると、いままでの人生で味わったことのない幸せがどんどんあふれてくるんです。だから、後悔なんて絶対にしません」

本当なら十六夜さんと知り合って、まだ間もない。

だけどつきあってみて感じた気持ちそのままを口にした。

すごく恥ずかしいこともされるし、そういう面ではまだ慣れないけれど、それも幸せの一部、だと思う。恋人同士ならばあってもおかしくないものなんじゃないかな、と。

こんなによくしてくれる十六夜さんが結婚相手なら、後悔なんか絶対にしない。

わたしは自分のことにあまり自信はないけれど、それだけは確信していた。

人に好意を持つことに、きっと時間は関係ない。

出逢《であ》ってすぐに恋に落ちる人たちのことを、いままでは少し不思議に思っていた。

だけど、いまならわかる気がする。

だってわたし自身が、それを体現しているから。

出逢って間もない十六夜さんに、恋、をしているから——。

少しのあいだ、沈黙が訪れた。

わたし、あつかましいこと言ってしまったかもしれない。

だけど、本当のことだから。この先の人生のすべてを捧げる人が、そしてその家族が相手なのなら、絶対に伝えなくちゃいけない。

そう信じて真正面に座っているお義父さんの優しい目を見つめていると、微笑んだままようやく口を開いてくれた。

「それを聞いて安心しました。本人も自覚があると思いますが、紫苑は女性運というのかな、そういうのがないのです。これは紫苑本人にも問題があるとは思いますがね。ですから、あなたのようなまっすぐな方が伴侶《はんりょ》になってくださることは、親の私からしてみればとてもうれしいことです。あなた自身も後悔がないとはっきり言ってくださって、本当に安心しました。ありがとうございます」

「本当にいいお嬢さんを見つけたわね、紫苑。つぐみさん、これからよろしくお願いいたしますね」

お義父さんに続いてお義母さんも笑顔で会釈をしてくれ、わたしもほっとして勢い込んで頭を下げた。

「こちらこそ、末永くよろしくお願いいたします！」

それからはお義母さんが点《た》ててくださったお茶をいただいたり、お茶菓子をいただいたりした。

もちろんわたしは茶道なんてものはわからなかったから、全部十六夜さんに教えてもらった。わたわたしながらもお茶をいただくと、苦くて、だけどしっかり味わってみるとどこか甘くて、不思議な味わい深さがあった。

お茶菓子はうさぎの形をした上生菓子《じょうなまがし》で、すっきりとした上品な甘さだった。

ご両親みずからお屋敷のあちこちを案内してくださったり、庭を散策させてくださったり、そのあとお義母さんがわざわざ用意してくださっていた手料理をごちそうになったりと、それはもう至れり尽くせりだった。

「普段は専属の料理人に作らせているんですがね、今日は家内があなたのために作るときかなくて」

困ったように、けれどうれしそうにお義父さんが言う。

それを聞いて、料理を器によそってくれながら、お義母さんも照れたように返した。

「わたしだけでは不安だからと、あなたも手伝ってくれましたからね。人のことは言えませんよ。この人、わたしより料理がうまいんです。ですから、味は保証しますよ」

ああ、このふたりは本当に想《おも》いあっているんだと、心がほっこりとした。

わたしも十六夜さんと、こんなふうになりたい。

どれだけ年を重ねても相手を労りあい、慕いあう。支えあって、それが自分の幸福にもなっている。そんな夫婦になりたいな、と心の底から願った。

ご両親が作ってくださった料理は、魚料理がメインの和風のものだった。

鯛《たい》のおつくりはお義父さんみずからがさばいたものだというから、驚く。本当に料理人がさばいたように、見事だ。

具だくさんの味噌汁に、ほうれん草のおひたし。特に豆腐とウニのサラダと、デザートのおはぎは絶品で、ぜひともレシピをお教え願いたいと申し出たくらいだ。

そのあとも、十六夜さんが学生時代使っていたお部屋に案内してくれ、残っていたアルバムを見せてくれたりもした。

赤ちゃんのときから十六夜さんはきれいな顔立ちをしていて、外国の赤ちゃんがそうなように、本当にお人形さんのようにかわいらしかった。こうしてみると、やっぱり顔がちいさい！

整っているし、笑っている姿なんて抱きしめたいくらいにかわいらしい。

「十六夜さんの子どもも、こんなふうにかわいいんでしょうね」

あまりの愛らしさに素直な感想をもらすと、十六夜さんがにっこり微笑んで頭を抱き寄せた。

「もちろん、私の子どもはあなたが生んでくださるんですよ？　こんなところでお誘いですか？」

「っ！　い、いやいや、そういうつもりでは！　す、すみませんっ！」

本当にまったくそのつもりはなかったので、わたしは慌ててアルバムを閉じた。

ご両親の前で、なんてはしたないことを言ってしまったんだろう。

申し訳なく思いながらちらりと見ると、ご両親は満面の笑みで、

「紫苑と本当に仲良くしてくださっているのね」

「これは本当に孫の顔も早く見られるかもしれないなぁ」

と、うれしそうに言ってくれた。

ほっとしたけれど、これはこれでものすごく恥ずかしい。

そのあともアルバムの続きを見せてもくれたけれど、わたしは恥ずかしさでいっぱいになってしまっていて、いっぱいいっぱいでとてもまともに見られなかった。

夕方の帰り際ご両親は、わたしがカニが好きだと十六夜さんから聞いていたらしく、お料理のほかに北海道から取り寄せた毛ガニまでお土産に持たせてくれた。

「本当は泊まっていってほしいくらいですけど、紫苑があなたとふたりきりになりたいっていうことだそうだから仕方ないですね」

「まあ、自分の家だと思って、またいつでも気軽にきてください」

ご両親はそれぞれにそう言ってくれ、わたしも喜びでいっぱいになり、

「なにからなにまで本当にありがとうございます！　また遊びにこさせていただきます！」

と、元気に返事を返した。

改めて思うけれど、幸せって人を元気にするものなんだなと実感した。


十六夜さんのご実家から、そのまま十六夜さんの一軒家に車で移動した。

この前一度泊まりにきた、あの和風の一軒家だ。

ご両親へのご挨拶が終わったら、そのまま泊まりにくることは打ち合わせ済みだったので、泊まりの準備は万端だ。

パジャマや下着をかわいらしいものにしたい気持ちもあったけれど、今月はもう自由にできるお金がない。

持っている中で、まだ見栄《みば》えがましなものを持ってきた。

来月になったら、今度はパジャマと下着を買おう、絶対！

まあ、十六夜さんが今夜「その気」なのかはわからないけれど……。

いやいや、こんな不謹慎なことを考えていてはいけない！

車に乗って十六夜さんとふたりきりになってから、わたしの頭の中はそのことでいっぱいだ。

十六夜さんに失礼極まりない。

十六夜さんはさっきから、そのまま持ってきた自分のアルバムのことやご両親のこと、今後はどんなデートがしたいかなど話題を振ってきているというのに。わたしは生返事しか返せていない。

こんなことじゃ、いけない。十六夜さんには、真摯《しんし》に向き合いたい。十六夜さんが「その気」かどうかもわからないのに、こんな不埒《ふらち》なことを考えていてはいけない。

もうすぐ家というころ、わたしはふっと深呼吸をひとつし、気持ちを落ち着かせる。そしてきわめて普通の声色で言った。

「今日は、本当にありがとうございました。お礼に今日のお夕食はわたしに作らせてください」

すると、十六夜さんもふっと目元を和ませる。

「いえ、今日は私のほうこそお礼を言うべきです。実はもうあなたへのお礼と記念に、ケーキを用意させていただきました。『アンジュ』の苺《いちご》ショートのホールケーキなんですが、お好きですか？　和菓子のほうがお好みでしたでしょうか」

「えっ、『アンジュ』ってあの『アンジュ』ですか⁉　パティシエがフランス人とのハーフっていう……」

「ええ。ノエル・キサラギというパティシエのお店です」

それを聞いて、わたしのテンションは一気に上がった。

『アンジュ』というのは、全国的に有名なスイーツ専門店で、本店はこのK県の駅前にある。ほかにも全国に何店舗かあるけれど、一番おいしいと言われているのはやはり本店だ。

それは、世界的にも腕前を認められているパティシエのノエル・キサラギがいるおかげだと言われている。

彼はまだ三十代と若いけれど、海外からも注文が殺到しているほどだ。彼の作るスイーツは芸術品だともマスメディアで絶賛されている。

お値段的にもそれなりにするし、なにか特別なご褒美のときに一度だけ食べてみようと、いままでその楽しみを取っておいていた。

そのことをはしゃいでしまいながら十六夜さんに告げると、彼はハンドルを切りながら微笑んだ。

「それはよかった。彼が作ったケーキを食べるのは、これが初めてなんですね。できればあなたの初めては、すべて私がもらいたい。私もうれしいです」

今朝のうちに届けてもらっていたんですよ、と続ける十六夜さんの言葉は、なかなか頭に入ってこなかった。十六夜さん、言う台詞《せりふ》がいちいち刺激的すぎる！

でも、……いままで恋愛関係というか男女関係のことって、いまのところほぼ十六夜さんにもらわれている気がする。

キスといい、その先のことといい――。

結局ドキドキしてしまったわたしは、また「いけないいけない」と自分に言い聞かせ続けた。

けれど十六夜さんは、家に入るなりわたしを抱き寄せた。優しく、けれど容赦のない力で抱きすくめ、耳元で甘くささやいてきた。

「もう我慢できません。あなたの身体が大丈夫であれば、いますぐにでも抱かせていただきたい」

熱っぽくそんなことを言ってくれる十六夜さんの心臓の鼓動が、伝わってくる。トクン、トクンと少し速い。

十六夜さんが、わたしなんかに興奮してくれている。欲情してくれている。抱きたいと思ってくれている。なのに、それでもわたしの身体を最優先に考えてくれている。

わたしの胸も、きゅんと疼《うず》いた。

愛おしい。十六夜さん、……大好き。

胸の中でこっそり告白しておいて、わたしは彼を見上げた。きれいに整った顔がすぐ間近にあって、どきりとしながらも、そっと返事をする。

「身体のほうは、すっかり大丈夫です。この一週間労わってくださったおかげで、全快しました」

十六夜さんの薄茶色の瞳に、欲情の色がともる。肉食獣の光をたたえたその瞳に、わたしもドキドキと興奮した。

「……では、遠慮なく。容赦もしません」

「ぁ、んっ……！」

胸に抱き入れられたまま顎をクッと上げさせられ、キスが降ってくる。最初から情熱的で、唇ごと食べられそうなほどがつがつとむさぼるようなキスだった。

ひとつキスをするごとにぺろりと下唇を舐《な》められ、そうするとぞわりと快感が高まり、ずくずくと膣口から子宮までが疼く。

二回、三回、四回とキスは続き、もう数えきれないくらいのころ、わたしははぁはぁと息を乱し、きもちよさに視界が潤んでいた。

お腹《なか》の奥も身体じゅうも、甘いしびれで立っていられないくらいだ。十六夜さんが身体を抱きしめたままでいてくれなかったら、絶対崩れ落ちてしまっている。

十六夜さんは、そんなわたしを見下ろしてうっとりと目を細めた。

「そんなとろけそうな顔をして見られたら、たまらないな。あなたが啼《な》くところを早く見たい」

「そっ、」

「だけど、ただ普通に抱くのではもったいない。あなたはもっとスイッチが入るはずです。この前みたいに、いや、もしかしたらそれ以上にね」

抗議しようとしたところへにやりと悪魔のように艶っぽく微笑まれ、どくんと心臓がはねる。そのドキドキは、期待からなのか、興奮からなのか。自分でもわからない。どっちも、のような気がするけれど、だとしたらわたしはよほどの変態だ。

「この前みたいにって、……また、裸エプロン……ですか？」

「いいえ、今日は違います」

「え……？」

今日はって、……十六夜さん、違う抱き方というかそんなようなことを考えていたの？というか、どっちにしろ十六夜さん、やっぱり今日は最初から抱いてくれるつもりだったんだ。

そうとわかると、ますます胸の高鳴りが増す。うれしさと恥ずかしさで、いてもたってもいられなくなる。こういうことに慣れていないから、なおさらだ。

「こちらへ」

うながされ、玄関からキッチンへと移動する。

十六夜さんは冷蔵庫の中から、ちいさな透明のボウルをふたつ、取り出した。

片方には薄いピンク色の、もう片方には普通の白いクリームが入っている。

「これ、生クリームですか？　こっちのピンク色のは、苺味とか？」

「正解です」

十六夜さんはどこかうれしそうに、ボウルを包んでいたラップを外す。十六夜さんが少し揺らしただけで、二種類のクリームはぷるんとかわいらしく揺れた。こんなときになんだけど、すごくおいしそうだ。

「今日あなたを抱けるなら、そのときはぜひこれを使わせていただこうと思っていたんです」

「え？」

いまのは、わたしの聞き間違いだろうか。

十六夜さんはボウルをテーブルの上に置き、戸惑うわたしをもう一度抱きしめる。耳に幾度かキスをされ、びくんと快感が呼び戻された。

耳、弱いのに！　いや、弱いって知ってるから攻めてきているんだろうけれど！

「い、十六夜さんっ……耳は、っ……ぁんっ……！」

「かわいい声……もっと聞かせてください」

「あっ……あっ、だから、耳はだめっ……あぁんっ……！」

「ふふっ……かわいいですね」

十六夜さんはわたしの耳を責めながら、器用に服を脱がせていく。

「ま、待って……こ、ここでするんですか……っ……？」

「ええ。汚れてしまいますからね。あ、暖房つけておきましょうね」

「や、そういう問題じゃなくて、……きゃっ⁉」

手早く暖房をつけた十六夜さんは、その手で、脱がせたわたしの服をくるくると器用にひも状にし、わたしの腕を後ろで縛ってしまった。軽く縛ってはいるんだろうけれど、どういう仕組みになっているのかいくら力を込めてもほどけない。

「な、なにするんですかっ⁉」

「ほどけないでしょう？　痛くはないはずですよ、ちゃんとそういう縛り方を研究してもいますから」

「や、研究するのはいいんですけど、個人の趣味ですし、ってそうじゃなくて！　なんでこんなことするんですかっ⁉」

「恥ずかしいですか？」

「っ……！」

それは、恥ずかしいに決まっている。

だっていまのわたしは、下着しか身に着けていない。

しかも後ろで縛られているから、この前の裸エプロンのとき後ろ手に束縛されていたように、胸を突き出すかっこうになっている。見てください、触れてくださいと言わんばかりだ。

恥ずかしいし、それに少しだけ屈辱的で——そして、

「恥ずかしくて屈辱的ではあっても、いやではないでしょう?」

「っ……」

なにも答えられなかった。

だって、悔しいけれどそのとおりだったから。

どうしてわたし、こんな。

こんな感情、おかしすぎる。

けれど十六夜さんは、愛おしげにわたしの頬をするりと撫でる。それだけで、おかしいほどにびくりと身体が悦《よろこ》びに打ち震えた。

「性的なことだけに限ってかもしれませんが、あなたには素質があるのだと思います。初めて会ったときから、そう感じていました」

「そ、しつ……?」

撫でられるきもちよさに、声が甘く震える。こんなうわずった声、自分のものじゃないみたいだ。

「ええ。征服されることに悦びを感じる、素質です」

「そんな、わたし……それじゃただの変態ですっ……!」

「いえ、そんなことはありません。この前だって、私に組み敷かれたあなたはとても艶《つや》っぽく

て色っぽくて……かわいらしかった。私はそんなあなたにも、興奮します。間違いなく、あなたの魅力のひとつです」

「あっ……いやぁっ！」

台詞の終わりとともに十六夜さんは、わたしのブラジャーのカップをぐいと引き下げた。ぷるんと小ぶりの乳房がこぼれ出て、電気の光のもとにさらされる。

もちろん、十六夜さんがそれを見ていないはずはなくて――。

そろそろと見上げると、十六夜さんは艶やかな欲情の色をたたえてわたしの胸を視姦していた。

こんなかっこうをさせられてこんなふうに見られて、恥ずかしいはずなのに。いや、恥ずかしいのは確かなのだけれど。

だけど、こんなふうにわたしを「女」として見てくれる十六夜さんが、好きだと思う。そんな十六夜さんこそが色っぽくて魅力的だと思うし、肉食獣の視線で見ている十六夜さんが、上品なのに野性的で、きれいだ。

ドキドキもしているけれど、見惚れてしまう。

「やっぱりあなたの乳首は、かわいらしい」

「ひゃんっ！」

ぼうっと見つめていると、ふいに耳元でささやかれキスをされ、びくんと身体が大きく震えた。

それだけでなく、耳にちゅ、ちゅと軽くキスをしながら左側の乳房、その乳輪をすりすりと二本の指で優しく擦ってくる。

耳を責められるだけでも弱いのに、胸もとか！　きもちよすぎて心臓に悪すぎる！

「や、……いや……っ……ぁあんっ……！」

せめて身体を引こうとしても、たくましい腕でぐいと腰を引き寄せられ身体を密着させられる。

「いやなんて、嘘《うそ》ですよね？　だってほら、あなたの乳首。もうこんなに赤くなって尖《とが》っていますよ」

「やぁっ……！　言わないで……っ……！」

「あなたは言葉にも弱いですからね」

愉《たの》しそうにそう言いながら、言葉の合間にキスをしてくる。

乳房をやわらかく揉んだり、乳輪と肌との境目をしつこいほどに優しくさすったり。

なのに、肝心なところには絶対に触れてくれない。

指が触れる、と思って期待に震えても、空気がかすめる程度。指はすぐに乳房の弾力を楽しみ始める。

絶対、わざとだ。わざと乳首だけさけて、触っている。

こんなに焦らされるだなんて、地獄だ。

ほかの部分を丁寧に愛撫《あいぶ》されているだけに、よけいそう感じる。

焦らされれば焦らされるぶん、感覚が鋭敏になってきて息が乱れてくる。

十六夜さんの腕にすがり、もたれかかって涙目になっていると、十六夜さんはくすっと笑った。

「乳首、触ってほしいですか？」

そんなこと、答えられるわけがない。

ただ黙っていると、耳をかぷりと甘噛《が》みされた。

「ひぁっ！」

びりびりと軽い電流のような快感が背筋をとおり、子宮まで届く。

それまでもすでにたっぷりと濡れてしまっていた秘部が、またじわりと愛液に浸るのがわかった。

そこだけでなく、さっきからのきもちよさは肉芽にまで及んでいる。第二の心臓のように、どくんどくんと血液が集まっているのがわかるほどだ。きっと、困るくらいに充血して膨らんでいるに違いない。見なくても、足をもぞつかせるだけで花芽がこすれて当たり、ひとりでびくびくしてしまうから、いやでもわかる。

こんなことが、十六夜さんに知られたら——。

ハラハラしていると、十六夜さんにささやかれた。

「素直に認めないと、先にクリトリスを責めますよ？」

「あんっ！」

十六夜さんの手が、胸から下腹部へと下がる。

ショーツの上から、ちょうど陰毛に覆われている肉芽のすぐ上の部分を、とんとんと軽く指で刺激してくるからたまらない。

花芽はさらに一気に熱を持ち、まだ触れられてもいないのにじんじんとしびれてきた。もう本当に、立っていられない。

腰ががくがく震えて、十六夜さんに支えてもらうのでせいいっぱいだ。

なのに十六夜さんは、その拷問《ごうもん》のような愛撫をやめてくれない。

相変わらず耳にキスを贈りながら、悪魔のようなささやきをしてくる。

「ほら。認めてしまいなさい。乳首もちゃんといじってほしいですよね？」

もう、むりだった。

これ以上焦らされたら、イきたくてもイけない地獄で頭がどうにかなってしまう。神経がおかしくなってしまう。

気がつけば、わたしは必死にうなずいていた。

「はいっ……お願いですっ……乳首、も……さわって、ください……っ……」

半泣きで懇願すると、十六夜さんは満足そうにうなずいた。

「よくできました。いい子ですね」

これでやっと触ってもらえる、とほっと肩の力を抜く。

けれど、地獄はそこで終わらなかった。

十六夜さんは、テーブルの上に置いた生クリームのボウルを指し示した。

「では、そのかわいい乳首で、私にあれを食べさせてください」

「え……っ……？」

どういうこと？

息を乱しながら困惑していると、十六夜さんはもう一度、悪魔のような笑みをたたえながらゆっくりと命じた。

「胸を使って、生クリームをすくうんです。そして私の口元に持ってきて、食べさせてください」

「そっ、そんなことっ……だ、第一わたし、胸ちいさいですしっ……！」

「乳房に両手を添えて身体の動かし方をなんとかすれば、すくえるはずですよ」

「そ、そうかもしれないですけど、でもっ……ひゃんっ！」

なおも抗議しようとしたところへ、また耳を甘噛みされる。また、じゅんっと秘部が熱を持った。

もう、こんな感じやすい身体になってしまっていやになる。なってしまって、というか、元からこうなのかもしれなかったけれど。

だとしたら、こんな体質というか、そういう身体の自分が憎らしくもある。

だってこんなの、絶対十六夜さんの言いなりにしかなれない。

胸の先端は確かに赤く尖って膨らみきっており、早くいじってほしくてふるふると小刻みに震えている。

「わ、……わかりました……っ……」

泣く泣く承知すると、十六夜さんはにっこりと微笑んだ。

「では、それをほどいてさしあげましょうね」

そう言って、わたしの両手を束縛していた服をほどいてくれる。

確かにこれがあっては乳房に手を添えることもできず、十六夜さんの望むとおりにはできないだろう。

一歩踏み出すだけで、たったそれだけでも刺激となる。肉芽とお腹の奥がじんじんと疼き、早く確かな質量が欲しいと訴えてくる。

まだ、じゅうぶんな愛撫なんかされてもいないのに。

わたしの身体って、なんていやらしいんだろう。

十六夜さんは、こんなわたしの身体のことをわかっている。見透かされている。

そのことが恥ずかしいと思うのに、知られているということにどこか興奮も覚えるのだ。

わたしって、本当に変態だ。

それとも、すでにスイッチが入っているのだろうか。

だから心身ともに、こんなまともじゃない感じ方をしてしまっているのだろうか。

ようやっとテーブルにたどり着くと、わたしはふたつのボウルを見下ろした。

片方には普通の生クリーム。もう片方には、苺の生クリーム。

「どちらでも、私に食べさせたいと思うクリームのほうでいいですよ。なんなら、両方でもかまいません。両方同時に食べてもおいしいような味つけにしてあります」

なんて人だ。

この人、最初からわたしにどんな指図をしようか、考えつくしていたんだ。

だからそんな命令ができるんだ。

言葉を受けるこっちのほうが、羞恥に顔が熱くなる。

だけど、そんな十六夜さんに逆らえない。

それどころか、変わらず興奮を覚えている自分がいる。

こんなの、絶対おかしいのに。一般的なセックスの仕方とは言えないのに。

なのに、……ドキドキする。

早く十六夜さんに、生クリームごとわたしの乳首を食べてもらいたいと期待している。そのときのその瞬間を想像するだけで、愛液が膣口からあふれ出して太ももをつうっと伝う。

ああ、わたしやっぱりスイッチが入っている。

それか。

それか、……もうわたしは十六夜さんの虜《とりこ》になってしまっているんだ。

だから、こんなに十六夜さんのことが愛《いと》おしい。

だから、十六夜さんのどんな命令でもきいてしまう。

どんなお願いでも聞き届けてあげたくなる。

わたしは両手を乳房に添え、身をかがめた。

普通の白い生クリームのボウル。その中に乳房を近づけていく。

「んっ……！」

乳首に、ひやりと冷たく冷えた生クリームの感触があった。

ぷるぷるとして、こんなときだというのに、とてもきもちがいい。ますます乳首がガチガチに硬く尖っていくのがわかる。

こみ上げてくる快感をなんとかおさえ、乳房を両手で上げるようにし、乳首で生クリームをすくうよう試みる。

うまい具合に、赤い乳首を生クリームが覆っている。すくうことに成功したのだ。

まずは、これだけ——食べて、もらおう。

もう、生クリームに包まれているだけで、乳首がじんじん甘いしびれをうったえている。敏感になりすぎているのだ。

振り返ると十六夜さんは、ダイニングチェアのひとつに腰かけて待っていた。

穏やかに微笑んでいるのに、薄茶色の瞳には確かに情欲の灯《ともしび》がきらきらと輝いていて、どきんと心臓がはねる。

鼓動をばくばくさせながら、生クリームを落とさないよう注意して、彼のもとへ歩み寄る。

すぐ脇に立つと十六夜さんは、自分の腿《もも》をぽんぽんと叩《たた》いた。

「ここに座ってください」

彼がどういうかっこうでわたしの乳首の生クリームを食べようとしているかが想像できて、さらに羞恥を覚える。

恥ずかしいことに、変わりはない。

だけど、それはいまさらなことで。

もっと重要なことは、わたしが恥ずかしさ以上に、彼に「食べられる」ことに期待している、ということだった。

そろそろと片足を上げ、十六夜さんの肩につかまらせ支えてもらいながら、彼の腿にまたがる。

「あっ……！」

少し隙間を空けていたのに、十六夜さんがわたしの腰をぐっと引き寄せた。

そのせいで、わたしの腰と十六夜さんの腰とが完全に密着した。

十六夜さんの太くて熱く、そして硬い熱の塊が、布越しにわたしの秘部にごつりと当たっている。

ああ、早くこれが欲しい。十六夜さんに、貫いてほしい。

そんな焦燥感にも似た興奮に、膣口がひくひくとひくつく。

「じょうずに、おいしそうに持ってきてくださいましたね」

十六夜さんはうっとりと、わたしの乳首を覆っている生クリームを見つめている。

かっこうのせいで、生クリームの塊は十六夜さんの目の前だ。わたしの肌の熱で少しとけてきたのか、さっきよりとろりとしてきた気がする。

十六夜さんも、そのことに気づいたようだった。

「ああ、早く食べなくてはもったいないことになりそうですね。遠慮なく、いただきます」

言うが早いか、ぱくりと乳首ごと口の中に含んだ。

「ひあぁんっ‼」

待ち望んでいた刺激があまりにも強すぎて、甘すぎて、猫の悲鳴のような声を上げてしまった。

けれど十六夜さんは驚くこともせず、やめることもしてくれない。

ますます興奮したかのように、唇だけで乳首を挟み、れろれろと咥内《こうない》で舌を動かし乳首を舐《な》め回す。

本当は生クリームを舐めとっているだけなのかもしれないけれど、……だめ！　これ、刺激が強すぎる！

「あっ、あんっ、い、十六夜、さんっ……はぁ、あぁ……っ……！」

「どうしたんですか？」

ちゅぱ、と乳首から唇を離した十六夜さんは、悪戯《いたずら》っぽくそう尋ねてくる。

「そんなにきもちいい？　腰ががくがく動いていますよ」

「き、もちいいっ……ですっ……は、はやく……い、挿《い》れてくださらない、と……っ……わたし……っ……！」

「イってしまいそうですか？」

くす、と十六夜さんは意地悪そうに笑った。

そして口をわたしの耳元に寄せ、ささやいた。

「我慢しないで、イってしまいなさい」

「あぁんっ！」

言葉が終わるか終わらないかというタイミングで、ショーツの上からこりこりっと肉芽を刺激された。びく、びくっと腰が震える。そのたび十六夜さんの肉棒に膣口が当たり、たまらない気持ちになる。布越しとは思えないほどの存在感だ。

だめ。せめて挿れてもらえるまでは、イきたくない。

イくのなら、一緒がいい。

第一、先にイってばかりいたら、どれだけいやらしい女だと思われるだろう。乱れたあなたが見たいとかも言われているけれど、さすがにあきれられるかもしれない。

そう思って必死に耐えていると、今度は乳首をカリリと甘噛みされ、ちゅる、ちゅぱっと吸われキスが連続できた。

同時に肉芽も指の腹でコシコシと擦られているから、身体の奥が官能の熱で火照って仕方がない。こらえていた絶頂の波が、いまにもはじけてしまいそうだ。

わたしは、必死に十六夜さんの肩をつかんで耐えた。

けれど、十六夜さんもこの前のように、腰を突き上げてきた。

「あっ……あぁっ、それ、それ……それ、だめぇっ……！」

布越しなのに、やっぱり本当にセックスをしているみたいだ。とっぷりとぬかるんだ秘所を、布を突き破らんばかりに硬い肉棒がごつごつと突いてくる。

乳首、肉芽、膣口と三ヵ所を同時に責められれば、もうおしまいだった。

「だめ、だめだめっ……だめぇぇっ……あぁあぁぁんっ――‼」

激しく身体を痙攣させ、十六夜さんにしがみつきながら、わたしはついに絶頂に達していた。

そこでようやく、十六夜さんは愛撫の手を止めてくれる。

けれど、休ませてはくれなかった。

「あなたのここ、さっきからひくひくしていますね。愛液でショーツも私の服も濡れているから、布越しでもよくわかりますよ」

「ひゃぁんっ！　いま、いま触っちゃだめぇっ！」

とんとん、と指の腹でショーツの上から収縮を続ける膣口を叩かれると、またお腹の奥に熱がたまり、疼いてくる。

さんざん焦らされているからか、いままでよりもはるかに強い疼きだ。

十六夜さんはそんなわたしを見つめ、ふっと笑う。

「イったばかりだから、少しでも触れられるときついですか？」

「っ……」

わかっているなら、やめてほしい。

イったばかりで息を乱しながら恨めしげに見つめ返すと、十六夜さんはわたしの両脇に両手を差し入れた。そして、そのままぐっとわたしの身体を持ち上げる。

「きゃっ⁉」

ごろん、とわたしの身体はテーブルの上に仰向けにされた。ちょうどお尻までがテーブルの上に乗っかっている状態で、足がぶらぶらと心もとない。

「せっかくかわいい下着ですけど、あなたの身体のほうがもっとかわいらしい。もっと味わいたいから、取ってしまいましょうね」

「や、あの、待って……っ……！」

「待ちません。遠慮も容赦もしないって言ったでしょう」

「いやぁんっ！」

　ほとんど用をなしていなかったブラジャーが、まずぱっと取り払われる。ついで、湿りきっていたショーツをぐいと下げられ、あっという間に足から引き抜かれてしまった。

　十六夜さんは身体をかがめ、わたしの頭の少し上らへんにある生クリームのボウルを、ふたつともすぐそばへと持ってくる。

「十六夜、さん……？」

　なにを考えているの？

　これ以上、わたしになにをしようというのか。わたしの身体は、もう火照って仕方がないというのにまだ遊ぼうというのか。

　そんなわたしの無言の訴えに、十六夜さんはにっこりと答えてくれた。ものすごく楽しそうに。

「大丈夫。このクリームは絶対、あなたの味に合います」

「そ、そういう問題じゃないと思うんですけどっ！」

クリームが合うとか、わたしいったいどんな身体なのっ!?

というか、いまさらだけれどこれでは本当にわたしと十六夜さんは変態だ。これって絶対変態プレイだ！　間違いない！

「十六夜さん、もう普通のにしましょう……っ……普通に抱いてくだされば、……っ……」

泣きそうになりながら言っても、十六夜さんは涼しい笑顔だ。

「いいから。……私は手がふさがってしまうので、自分で両方の太ももを持ってくださいね。足を折り曲げるようにして。ちゃんと開いていてください。いい子で言うことをきかなければ、もっと焦らしてあげてしまいますけど、そのほうがいいですか？」

途中で抗議しようとして、最後の台詞でわたしはぐっと口をつぐんだ。

これ以上焦らされたら、身体がどうなってしまうかわからない。

この人、絶対S《エス》だ。真正のドSだ！

改めてそう確信しながら、言われたとおりに自分で自分の太ももを持ち、十六夜さんに秘所を見せる。

カエルがひっくり返ったような、こんなかっこう自体もそうだけれど。それ以上に、こんな部分を自ら「見てください」と言わんばかりのような気がして、恥ずかしくて仕方がない。

十六夜さんは十六夜さんで、しっかりばっちり濡れて光る秘部を見下ろしている。きらきらと目を輝かせて、それはもうあますところなく。

「も、もう……いい、ですか……？」

恥ずかしすぎて、声がか細くなってしまう。

それに、見られているだけなのに、肉芽もお腹の奥もうずうず、じんじんと熱を持って疼いて仕方がない。

「あなたは、本当にいやらしい。見られているだけで、次から次へと愛液が出てくる。だけど――」

十六夜さんはそこで、苺の生クリームを、人差し指でひとすくいした。

「だけど、私はそんなあなたにとてつもなく魅力を感じる。もっと意地悪をしたくなる」

「あぁんっ！」

ひた、と冷たいなにかが膣口に塗り込まれ、声を上げた。それがなにかがわからないのに、おかしいほどに感じてしまっている。もう、なにが触れてもすべてわたしの快感スイッチの元にしかならない。

「ああ、あなたのここ、おいしそうに苺の生クリームを食べていますよ。とろとろにとけて、あなた自身もおいしそうだ」

その十六夜さんの台詞で、わたしのそこに塗り込められているのが苺の生クリームだということを理解した。

「な、なんてところになんてものを塗り込んでるんですかっ！」

「そんなこと言いながら、声が上ずっていますよ？　きもちいいんですよね？」

「ち、違っ……ふぁんっ！」

膣口に、さらなる刺激が加わった。

なにか熱くてやわらかいものが、ひくつく膣口を吸ったり舐めたりしている。

首を起こして見てみると、十六夜さんがわたしの秘所に顔をうずめ、唇と舌とで愛撫をしているのだった。

十六夜さんは、そこに塗り込めた生クリームごと食べるように、貪るようなキスをしている。そのたび強い刺激が伴って、腰ががくがくと震える。

「や、やだっ……十六夜さんっ……こ、こんなの恥ずかしすぎますっ……！」

だけど、十六夜さんはますます口角を上げた。

近くに寄せていた苺の生クリームの容器から、またひとすくい指ですくい取る。

「でも、ここを愛してあげていると、クリトリスがどんどん勃起して膨らんできますよ。感じてくださっている証拠ですよね？」

「ひぁんっ！」

ひた、とまた生クリームが塗り込められる。今度は膣口ではなく、肉芽に。十六夜さんのきれいな長い指で、ぬちゅぬちゅと。

「生クリームを塗ったら、もっと硬くなりましたね。もっと刺激が欲しかったんですね。気づかなくてすみません」

「や、あぁっ！　だめぇっ！」

ちゅる、ちゅぱ、とわざとのように音を立て、肉芽に塗り込み覆った生クリームごと、十六夜さんは食《は》んでいく。すぐに赤く勃起した花芽が顔を出すと、そこばかりにキスしたり指で扱いたり。

ちゅうっと少し強めに吸われたとたん、わたしはまた声を上げ、全身を震わせて絶頂に達していた。

もう太ももも、持っていられない。

きもちよすぎて、立て続けにイったばかりということもあって、全身が弛緩《しかん》している。

激しく息を乱しながら太ももから手を離そうとすると、「まだですよ」と耳元でささやかれ「ひゃんっ！」とまた感じてしまった。耳、弱いんだから本当にやめてほしい……っ……！

もう勘弁してほしい。

そんな思いで見上げると、十六夜さんは懐からなにか薄っぺらいものを取り出した。ピンク色のそれを歯でピリリと器用に破り、中から取り出したゴム状のものをいきり立った自身に慣れた手つきで装着する。

その時点でわたしは初めて、それがコンドームだということに気がついた。

この前は十六夜さん、それをつけていなかったからすぐにはわからなかった。

学生時代に保健体育の時間、避妊のことについて習ったときに見た以来だったせいもあると思う。

初めて見るそれに見入ってしまっていると、十六夜さんはくすりと笑い、わたしの上に覆いかぶさってきた。くちゅ、と粘《ねば》ついた水音を立てて、硬く勃起した肉棒がちいさな膣口に押し当てられる。

きれいな顔が間近に迫ってどきりとし、膣口がひくんとひときわ大きくひくついた。

「もっと啼いてください。私はあなたの泣き顔も、啼き声も好きです」

わたし自身のことを好きだと言われたわけではないのに、どくん、とさらに心臓がはねた。

その瞬間を狙ったかのように、大きな屹立《きつりつ》がぐぐっと一気に挿入《はい》ってくる。

「あぁあぁぁっ！」

ごつりと一息にその太くて長いものをおさめられ、ひくひくっと身体全体が痙攣する。子宮の入り口まで窮屈そうに、十六夜さんのものがみっちりと挿れられていた。

「動きますよ」

「やっ、まだだめっ……ふぁあぁん！」

わたしの返事を待たずに、十六夜さんは腰を打ちつけ始める。

わたしは恥ずかしいほどに濡れきっていて、抽挿のたびにぐちゅ、ずちゅ、と淫靡《いんび》な音が立つ。

耳からも犯されているみたいだとぎゅっと目を閉じたところへ、ぐにゅっと両乳房をつかまれた。

あっと思う間もなく、もみくちゃに揉《も》まれ、尖った乳首をこりこりと指の腹でさすられる。

「だ、だめ、そんな一気に、……ん、ぁんっ……！」

黙っていてくださいと言わんばかりに、今度はキスで唇を封じられる。舌を入れられ、根元から先のほうまで熱い舌で扱《しご》かれ、絡まれては吸われれば、自然と腰が揺れてしまう。

ちゅっと音を立てて唇を離すと、十六夜さんはふっと笑った。

「またあなたが扱いてくださるんですか？　ふふ、うれしいですね」

「や、違っ……か、勝手に……動く、んですっ……ふぁんっ……！」

ごつんと奥まで硬い亀頭が当たり、びりびりとしびれが走る。

さっきよりは緩やかに腰を動かしながら、十六夜さんは言った。

「もう、苦しいとか痛いとかはないですか？」

「ん、……はいっ……それは、大丈夫、です……っ……」

「きもちいいだけ？」

「んっ、……！」

そんなことまともに答えられなくて、うなずきかけたのを慌てて首をひねってごまかす。

するとこの前のように肉芽までゴシゴシと指で擦られて、「あぁんっ！」と声を出さずにはいられなかった。

「あなたのいいところは、素直なところです。快感にもね。私の前では、飾らないあなたでいてほしい。恥ずかしいでしょうけれど、ちゃんと答えていい子になってくださいね」

「あぁっ……！　そこ、だめぇっ……きもち、よくなっちゃ、……ぁぁあっ……！」

ごつごつと少し抽挿が激しくなり、肉芽への刺激も強いものになる。もう、たまらなかった。

わたしは、必死にうなずいていた。

「きもちいい、です……っ……！　十六夜さんにされると、きもちいい……っ……！」

けれど、十六夜さんはそれだけでは許してくれない。

「私にどうされるときもちいいですか？」

ごつん、ぐりぐり、と挿入時よりかなり硬く大きく膨れ上がった肉棒に抉《えぐ》られ突かれると、灼熱《しゃくねつ》に近い快楽の塊が生み出されていく。

わたしは必死に十六夜さんにしがみついた。手も足も彼に絡みつかせて、声を上げていた。

「十六夜さんに、犯されると……きもち、いいっ……！　ごつごつ突かれるのが、激しく擦られるのが、好きです……っ……ふぁあぁぁんっ！」

わたしの言葉が終わらないうちに、十六夜さんはまた本格的に腰を打ちつけ始めた。ごつごつと恥骨同士が当たり、その鈍い痛みすら心地がいい。じゅっぽじゅっぽと泡立った音を立てる結合部も、本当に十六夜さんの肉棒とひとつにとけてしまったように熱くてしびれていた。

十六夜さんにひときわ強くごつんと奥を突かれた瞬間、今日何度目かわからない絶頂を迎える。かすれた声を上げるわたしの身体をかき抱くようにして、十六夜さんもまた声をくぐもらせた。

「つぐみさん……なんてかわいいんだ……、ああ……私も、もう……イく……イく……射精《で》る……っ……！」

わたしのお腹の一番奥で、十六夜さんの肉杭がさらに膨れ上がる。そして、びくびくっと大きく痙攣し、薄い膜越しにびゅるびゅるっと熱液が迸《ほとばし》るのを感じた。本当に中に出されているかと思うくらい、その射精は量も多く、激しかった。

名残りのように幾度か腰を打ちつけながら、十六夜さんはわたしの耳に何度もキスをくれた。

「つぐみさん……あなたほど……意地悪をしたいと思った人も、心地がいいと思った人も、いませんん……」

は、とゆるく息を吐きながら甘くささやかれて、うれしかった。

わたしの身体を、十六夜さんがきもちよく思ってくれている。

それだけで、じゅうぶん幸せだった。

＊＊＊

翌日、わたしはゆうべの疲れも残っていたのだろう、お昼近くまで眠ってしまった。

目を覚ますとカタカタ、カタカタと以前のようにキーボードを打つ音が聞こえてきていて、そっと上半身を起こす。

少し離れたところに十六夜さんが座っていて、机の上のパソコンに向かってキーボードを叩いていた。

わたしが起きた気配に気づいたのか、十六夜さんは手を止めて振り返る。そして、ふっと微笑みをくれた。

「おはようございます。ゆっくり眠れましたか？」

きゅん、と胸が恋の音を立てる。

朝一番にこの笑顔は、いい意味で心臓に悪い。

「はい、おかげさまで……ぐっすり眠れました」

「身体の疲れは取れましたか？」

「はい。ゆうべは、ご両親にいただいたカニも『アンジュ』の苺のホールケーキも食べましたし、もう元気いっぱいです！」

そう。あのあと、十六夜さんに抱かれたあと。

ご両親にいただいた毛ガニを料理し、十六夜さんとともにごちそうになった。

そのあとに食べた、十六夜さんが用意してくれた『アンジュ』のケーキもとてもおいしくて、お風呂もいただいたあとだったからか、その時点で半分ほど疲れがとれた。

　そしてお昼過ぎまで寝たから、ちょっとだるさはまだあるけれど心は元気いっぱいだ。

「そうですか。それはよかった」

「十六夜さんは、眠れましたか？」

「ええ、おかげさまでたっぷりと。いつもより一時間も寝坊してしまったくらいです。筆もかなり進んでいますし、つぐみさんには感謝してもしたりません」

「そ、それは……よかった、です」

　わたしのおかげでと言われると、ゆうべ抱かれたことが原因なのかとかいろいろ考えてしまい、にわかに恥ずかしくなる。

　顔を熱くするわたしに、十六夜さんはくすりと笑った。

「今日は街に出かけましょうか。デートをしましょう」

「えっ……デート、ですか？　お仕事のほう、大丈夫なんですか？」

「ええ、ノルマの三倍くらい執筆することができましたから、そのぶん空きができました。少なくとも今日一日ぶんくらいの自由時間は確保できています」

「十六夜さんがよろしければ、ぜひともデート、したいです！」

　十六夜さんとはこれまでも幾度かデートをしてきたけれど、そのたび胸がほっこりとあたたかくなる。とても幸せな気持ちになれる。

十六夜さんとだったら、何回でも何百回でも一緒にデートがしたい。

十六夜さんは、ふふっと微笑んだ。

「では、支度をしましょう。ごはんは外でいいですか？」

「はい！　あ、あの、でも持ってきている着替えはよそゆきではないんですが……一度家に戻って着替えてきてもいいですか？」

するとと十六夜さんは、

「その必要はありません」

とかぶりを振った。

「その着替えのままで、出かけましょう」

「えっ……で、でも」

「大丈夫ですから。ほら、早く着替えてください。私、観《み》たい映画もたくさんありますし、つぐみさんと一緒に行きたいお店もたくさんあるんです」

「は、はい！」

わたしは慌てて、枕元に置いておいた着替えを手に取った。

普段着より一段上がっただけの着替えを着たわたしを、十六夜さんは街のとあるブティックまで連れてきた。

そこはわたしでも知っている世界的に有名なブランドの服ばかりを扱っているブティックで、入るのにもかなり気おくれがした。

というか、十六夜さんは今日は家を出るときからばっちり洋装だった。

紺色のVネックケーブルニットに白のバイカーパンツ、キャンバスシューズはそれだけをとってみると十六夜さんにはちょっと子どもっぽいかなと思うけれど、アウターがおとなっぽいブラックのチェスターコートだからか、全体的なコーディネートはすごく素敵で似合っている。

髪はサラサラのままでいじっていないようだけれど、今日は伊達《だて》眼鏡をかけていた。

泣きぼくろが際立って見えるし、なにより和服でないこんなかっこうの十六夜さんを見ることなんてほとんどないから、必要以上にドキドキしてしまう。

そして十六夜さんはブティックの店員さんに、

「この人をコーディネートしてください」

と頼んだ。

コーディネートって、もしかしてもしかしなくてもそういうこと？

そんなの絶対お金がかかる！

そう思ったわたしだけれど、「かしこまりました」とにっこり笑って受け答えした何人かの店員さんたちに別室に連れていかれ、あれよあれよという間に全身脱がされてしまった。下着までも！

その別室にはバスタブにお湯が張られており、薔薇《ばら》の花びらがたくさん浮いていてローズのいい香りを放っていたのだけれど、わたしはそこに入れられた。

「お客様。よーく身体にその香りをしみこませてくださいね。いい香りがするのとしないのとでは、男性のモチベーションもかなり違いますから」

「は、はい……っ」

中年の、恐らくオーナーと思われる女性ににこにことそう言われ、わたしはわたわたと自分の身体にお湯をかけた。

確かに、デート中邪魔でないくらいのいい香りがわたしからしていたら、十六夜さんも喜んでくれるかもしれない。

わたしだって、十六夜さんがいい香りがするのがいつもうれしいし、ほっとするし、気分も高揚するから。

そういえば香水をつけるとか、そんなことも考えたことがなかった。

香水はわたし的にだけれど好みじゃない香りが多いから好きじゃなかったけれど、こんないい香りなら身体につけても悪い気はしない。

むしろ、自分がなにか特別になったような、いい気分だ。

わたしが身体にお湯をかけているあいだに店員さんたちはなにやら何着か服を用意して相談していたけれど、それもすぐに終わった。

「もういいですよ。あがってください」

とオーナーの女性に言われ、バスタブからあがると、店員さんたちが持ってきた大きなふわふわのタオルで身体を拭いてくれた。

そして、ちゃかちゃかと素早くわたしに服を着付け、髪も整えてメイクもしてくれる。

「できあがりです」

オーナーさんがそう言い、壁にかかっていた大きな鏡を見せられた。

それは全身映るほどの大きさの鏡だったのだけれど、そこに映っていたのはわたしではないようだった。

顎の下までの髪は器用に編み込みされ、後ろでひとつにまとめ上げられている。ゴールドピンでおくれ毛がきれいでおしゃれに隠されていた。

肝心の服は、首元と肩が露出した白の清楚《せいそ》なワンピースで、上にはふわふわのファーとリボンのついた白いコートを羽織るようにと言われた。ワンピースはひざ丈で、素肌に近い色のストッキングに冬でもおかしくない形の白のサンダル。

アクセサリーもイヤリングとネックレスが白いちいさな薔薇を象《かたど》ったダイヤでできたもので、全身白ずくめだ。

化粧はナチュラルメイクだったけれどさっきまでのわたしとは別人のようにきれいでかわいくされて、眉もきちんと整えてくれていた。

プロの手にかかると、地味なわたしがこんなふうに変身できるんだ。

そう感動してしまった。

「十六夜さま。コーディネートのほう、できあがりました」

わたしは別室から店内へとまた案内され、オーナーさんのそのひと言でわたしを見た十六夜さんと、ばっちり視線が合った。

十六夜さんは一瞬はっとしたように息を呑み、ついで、満面の笑みになった。こんなにうれしそうな十六夜さんは、初めて見るかもしれない。

「つぐみさん、すごくきれいです。お姫さまみたいだ」

「そ、そうですね、なんだかわたしも白雪姫にでもなった気分です」

するとオーナーさんが、「テーマはずばり、白雪姫にしてみました。おふたりともにご満足いただけたようで、わたしもうれしいです」とにっこり微笑んだ。

十六夜さんがカードで支払いを済ませると、ふたりで街に繰り出す。

普段はそんなこと絶対ないのに、女性どころか男性までもが十六夜さんとわたしを見ていて、なんだか緊張する。

「い、十六夜さん、わたしやっぱりこのかっこう、おかしいでしょうか」

不安に思ってそう尋ねると、十六夜さんはふっと笑って、ふわりと手を握ってくれた。

「なに言ってるんですか。みんなあなたが気になるから見ているんですよ。誰がどう見たって、いまのあなたはとても魅力的な、私だけのお姫さまです」

「そ、そうでしょうか……」

「そうです。もっと自信を持ってください」

にっこり微笑む十六夜さんに、わたしもちょっと微笑み返してみた。

すると、握られていた手にさらにきゅっと力を籠《こ》められる。

「そのかっこうで微笑まれると、いますぐ抱きしめたくなりますね」

そんなことを言うものだから、わたしは慌てた。

「ま、街中ではご勘弁を……っ……。それはきっと、わたしが変身したからです。この服とアクセサリーとメイクのおかげですっ……！」

「いいえ、違います」

十六夜さんは、今度はまじめな顔で言った。

「あなたがここまでかわいくなれたのは、元がよかったからです。外見だけじゃない、内面からもにじみ出る美しさやかわいらしさがあったからです。服やアクセサリーやメイクは、あなたのそれを引き出したきっかけ、おまけにすぎません。大事なのはあなた自身にそれだけの魅力があったということです」

へたをしたらこの服にもアクセサリーにも、すべてに「着られている」はずで着こなすことなんてできませんからね、と十六夜さんはそんなことを言ってくれた。

そういう服やアクセサリーを選んでくれたオーナーさんの腕もいいのだとも思うけれど、わたしはちょっとだけ自信を持つことができた。

ちょっとだけ、街中でもこうして、堂々と十六夜さんの隣にいてもいいのかな、と思うことができた。

いままでもお店に行ったりしていたけれど、いつも十六夜さんの隣にいると、周囲の目にどう映っているか、それが不安だった。

だって、へたをしたら「あんな女を連れているなんておかしな趣味」だと十六夜さんが思われかねない。

わたしがそう思っていたことを、十六夜さんは感じていてくれたのだと思う。

だから今日は、こんなことをしてくれたんだ。

わたしを「お姫さま」にしてくれたんだ。

そう思うと、今度は素直に喜ぶことができた。

ふたりでちょっとおしゃれなレストランに行き、カニのパスタやおいしいスープを食べたあと、近くの大きなショッピングモールに寄った。

そこでわたしは、初めて重大なことに気がついた。

もうすぐ、というか明後日バレンタインデーだ！

いままで家でもデート先でも十六夜さんで頭がいっぱいで、そんなことにも気づけなかった。

いままでの人生がバレンタインと無縁の生活だったからというのもある。

よく見ると、いやよく見なくても、あちこちのお店でバレンタイン商品が売り出されていた。

どうしよう。十六夜さんには絶対本命チョコをあげたい。

だけど、生まれてこのかた男の人にチョコなんて、義理でもあげたことがない。

唯一いた彼氏のときは、バレンタインが来る前に別れてしまったし、まったく参考にできない。

十六夜さんって和風のものが好きだということだけれど、チョコはどうなんだろう。好き嫌いがあるかもしれない。いや、チョコレートそのものが嫌いだとかだったりしたらどうしよう。

だけど、十六夜さん本人に「チョコは嫌いですか？」とか聞いたりしたら、ばればれだ。つきあっているのだからバレンタインにはチョコが当然とは思うけれど、できれば当日まで内緒にしておきたい。そのほうが、なんだかドキドキもするし渡す喜びも増すような気がする。

十六夜さんには、当日にびっくりして喜んでもらいたい。

いや、びっくりはむりかもしれないけれど、できる限り喜んでもらいたい。

「どうかしましたか？」

歩みがのろくなっていたことを不思議に思ったのか、十六夜さんが尋ねてくる。

わたしは慌てて、かぶりを振った。

「なっ、なんでもありませんっ！」

「そうですか？　このへん、チョコのにおいが充満しているので、食べたいのかなと思っていました」

「ちょ、チョコですか⁉　そんなにおいしてますか⁉」

「してますよ？　もうすぐバレンタインですからね」

さらりと言った十六夜さんは、「そういえば」とそのものずばりを聞いてきた。

「そういえば、つぐみさんはチョコはお嫌いですか？」

十六夜さんっておとなだ。バレンタインの話題を変に避けたりせず、スマートに尋ねてくる。

だけど、これってチャンスじゃないだろうか。

そう思って、思い切って尋ね返してみた。

「い、いえ、わたしは嫌いではないですが……十六夜さんは？　チョコ、とか好き嫌いはないですか？」

「私は食べ物の好き嫌いは特にないですよ。甘いものが好きですし、チョコも変わりません」

なるほど、チョコの好き嫌いも特にないんだ。

だとすると、ここはやっぱり手作りチョコがいいだろうか。

なんとなく、わたしの中では本命チョコは手作りチョコ、というイメージがある。

だけど、いままでお菓子はあまり作ったことがない。

ちょっと自信がなかったけれど、十六夜さんだからこそ作ってみたいとも思う。

バレンタインにはチョコレートフォンデュを食べましょうか、と提案する十六夜さんに、それもいいですね、と生返事を返しながら、わたしはそんなことを考えていた。

＊＊＊

バレンタインデーには、会社でも男性社員がそわそわと落ち着かない。

うちの会社では女性社員たちが費用を出し合い、誰かが代表して男性社員たちにチョコを配ることになっている。

わたしがいままでバレンタインを意識するときといったら、そのチョコの費用を出す瞬間くらいだった。

だけど、今年は違う。

今年も男性社員たちが女性社員の代表の子にチョコをもらって喜んでいたりするのをはた目で見ながら、わたしはデスクの下に隠している紙袋にそっと触れた。

中を見てみるけれど、大丈夫。ラッピングも崩れていない。なんともない。

こうして紙袋を覗《のぞ》くのは、今日何度目だろう。

結局わたしは、十六夜さんへのバレンタインチョコは手作りにした。

手作りチョコのレシピをネットで検索し、チョコレートタルトなるものを作ってみたのだけれど、味見用に一緒に作ったものを食べたら意外においしかった。

問題は、これを十六夜さんが気に入ってくれるかということだ。

ちょっとだけ日本酒を使う変わったレシピだったけれど、わたしが食べた感じではまったく違和感がなく、いい感じに風味があってほろ苦く、おとなの甘さという感じだ。

大丈夫だろうか。ちゃんと喜んでもらえるだろうか。

そんな不安を抱えていると、

「それ十六夜さんにあげるのか？」

と突然声をかけられ悲鳴を上げそうになった。

ばくばくする心臓をなだめつつ振り返ると、いつのまにか沖安くんがすぐ後ろに立って紙袋の中を覗いている。

わたしは慌てて紙袋をデスクのもっと奥へと押しやった。

「い、一応……婚約者、だから……おかしくないかなって思って」

「そりゃおかしくはないだろうな。十六夜さん、喜ぶんじゃね？　職業柄引きこもりがちになってはいるけど、ああ見えてイベントごとけっこう好きな人だから」

「そ……そうかな。そうだといいな」

まだ不安が拭えないわたしの背中を、沖安くんはパン、と軽く叩いた。

「崎原はそういうの苦手かもしれないけどさ、義理だってうちの社員も俺だってうれしいくらいだし。婚約者から本命チョコもらってうれしくない男なんかいないって。がんばれよ！」

そういえば、義理だということはわかっているはずなのに、女性社員からチョコをもらった男性社員たちはみんなうきうきして仕事をはりきっている。

わたしのチョコを食べて、十六夜さんも執筆活動をはりきることができたらいいな。

沖安くんの励ましに、わたしはそうちょっとだけ勇気を出すことができた。


今日は朝から十六夜さんに、「今日家に行ってもいいですか？」と連絡を入れておいた。するとと十六夜さんは、「せっかくですからデートしましょう。仕事が終わったら連絡ください。迎えに行きます」と返事をくれた。

その日仕事を終えたわたしが十六夜さんに連絡を入れてロビーまで下りていると、間もなくして十六夜さんの車が会社の玄関の前に停まった。

会社を出て歩み寄ると、助手席の窓が開いてそこから十六夜さんの顔が見えた。

「どうぞ。乗ってください」

わたしはドアを開けて助手席に乗り込んだ。

十六夜さんは、今日も和服ではなく洋装だった。バレンタインらしく、おしゃれなジャケットとスキニーパンツ、どちらもブラックでかっこよく決めている。

紙袋の存在がなるべくばれないようにと身体のかげに隠すようにしたけれど、いまさらだろうか。

きっと勘のいい十六夜さんのことだから、ばれているに違いない。

もう日もすっかり暮れていて、夜空には星々が美しく輝いている。

十六夜さんが連れてきてくれたところは、イルミネーションが輝くスポット、広場だった。

ハートやピンクを基調としたバレンタイン仕様になっていて、ムード満点だ。

ほかにもカップルがたくさんいる。

「あの白鳥のイルミネーション、かわいくてきれいですね！」

こんなところにきたのは初めてで、ついはしゃいでしまう。

ハートを背中に乗せた白鳥のイルミネーションに釘付《くぎづ》けになり、そんなわたしに、十六夜さんは声をかけた。

「つぐみさん、これ。よかったらもらってください」

「え？」

振り向くと、すい、となにかの専用ボックスを手渡された。おしゃれな白い包装紙でラッピングされ淡いピンク色のリボンがかけられたそのボックスは、長方形でなにが入っているのか予測がつかない。

「これ、なんですか？」

「私たちふたりが初めてバレンタインを過ごす、記念のプレゼントです。たいしたものではありませんが、どうぞ、開けてみてください」

　十六夜さんも、バレンタインにプレゼントを用意していてくれたんだ。

　そのことにびっくりして、でもうれしくて、ふたつの感情に戸惑いつつも丁寧にラッピングをとっていく。

「わあ……きれい！」

　専用ボックスを開けると、中には一輪の薔薇が入っていた。

　メルヘンチックな淡いパステル調のカラーの薔薇が、まるで宝石のように大切に包まれている。それがスペシャル感全開で、大事にされているんだという気持ちでいっぱいになる。

　ちいさなタグには、「パステルレインボーローズ」と書かれていて、確かにさまざまな淡い色が虹のようにさざめく、不思議できれいな薔薇だ。

　一輪だというのが、またいい。たくさんの薔薇の花束も素敵だと思うけれど、一輪というのもなんだか特別な感じがする。

「ありがとうございます……！　大切にします！」

「喜んでくださったのなら、よかった」

「あっ……わたしからも、バレンタインのプレゼントがあるんです。プレゼントというか、チヨコだけなんですけど……よかったら受け取ってください」

「ああ、さっきからしていたチヨコのにおいはそれだったんですね。うれしいです。ありがとうございます」

紙袋を手渡すと、十六夜さんはさっそく開けてみてくれた。

ほうほう、と出てきたチョコレートタルトを感心したように見つめ、

「まるでお店で売っていたもののように見えますが、これもしかしてつぐみさんの手作りですか?」

と尋ねてきた。

逆にわたしが驚いてしまう。

「そ、そんなの誉《ほ》めすぎです。確かにわたしの手作りですけど……でも、そんなふうに言ってもらえるだなんて想像もしていませんでした。ありがとうございます。お口に合うといいのですが……」

「フォークつきだというのがうれしいですね。ここで少しいただいてもかまいませんか?」

「はい、もちろん!」

すぐ食べてもらえるだなんて、うれしい。

勢い込んでうなずくと、十六夜さんはバレンタイン専用に購入しておいたフォークを使って、チョコレートタルトをきれいにちいさくひと口分、切り分けた。

上品な仕草で口に運び、ゆっくりと味わう。

「うん、すごくおいしいです。掛け値なしに。私の好みにぴったりです」

「ほんとですか⁉　よかった……！」

本当によかった！　悩んだ甲斐《かい》があった！

「ほのかに香っているこの苦みは日本酒ですか？」

「はい。隠し味だそうです」

「なるほど、分量がぴったりだからこのチョコレートにもこんなに合うんですね。いいスパイスになってチョコレートのうまみも増しています。……続きは帰ってからゆっくり食べさせていただきますね」

「はい！」

十六夜さんはチョコレートタルトを元通り丁寧に箱にしまうと、紙袋の中に入れる。

そして、改めて数々のイルミネーションに見惚《みと》れているわたしに声をかけてきた。

「このスポット、気に入ってくださったみたいでよかったです」

「はい、このイルミネーションもプレゼントも、すごくすごく気に入りました！　でも、いままでの十六夜さんの彼女さんたちのことを考えると、どうしてもちょっと……もやもやというか、してしまいます」

「もやもや、ですか？」

「はい」

きょとんとする十六夜さんに、わたしは素直に告白した。

「十六夜さんって、こういうなんていうか、おとなのおつきあいに慣れていますよね。今回だって、バレンタインのスポットもこうして知っていて……プレゼントもすごく素敵なもので……。でも、いままでの彼女さんたちにもおなじようなことをしたことがあるのかなって考えてしまうんです。そうすると、すごくもやもやしてしまいます。……わたしの考え方が子どもだからだってわかっているんですが……」

気を悪くするかと思いきや、十六夜さんはふふっと笑った。

「つぐみさん。それ、嫉妬だってわかってますか？」

「えっ？　し、嫉妬⁉」

「はい。やきもちとも言いますね」

「や、そんな……っ……わ、わたしやきもちだなんて……っ……」

「つぐみさん、かわいいですね」

そう言って、十六夜さんはわたしの頭をぽんぽんと撫でてくれた。

「いままでにつきあった女性はたくさんいましたが、これほどしてあげたことは正直ありませんし、相手がつぐみさんほど堪能したり喜んでくれたりしたこともありません。みんな、私にそうしてもらうのが当然と、そう思っている女性ばかりでした。だから、つぐみさんはやきもちなんて焼く必要はないんですよ」

そして十六夜さんは、話してくれた。

「私は女性を喜ばせるのが好きでした。花や宝石やブランド品などをプレゼントすると、どんな女性も間違いなく喜んでくれる。けれど、私はいつもなにかが物足りませんでした。だから、官能小説家になることにしました」

官能小説では、男性が女性を愛する描写が出てくる。それはもう、現実とはいいがたいほど丁寧に、深く愛することもできる。

物語の中では、女性はブランド品や物なんかではなく、男性の気持ちを大事にしてくれる。男性の気持ちをプレゼントされ、女性はそれだけでとても喜んでくれる。そのうえでの男女の行為は、優しく深い愛に満ちあふれている。

十六夜さんは、そう語った。

「だから、私は官能小説を書くのをやめられません。つぐみさんは、その中に出てくる女性のように、気持ちだけでもとても喜んでくださいます。もう何度も言っていますが、いままで私の周りにいた女性とは、ぜんぜん違う」

わたしは、きゅっとプレゼントされた薔薇のボックスを胸に抱きしめた。

「もやもや、なくなりました。大切なお話、聞かせてくださってありがとうございます。十六夜さんのことを知ることができて、うれしいです」

すると十六夜さんは、一瞬泣き笑いのような表情になった。

それを隠すかのように、次の瞬間、すいっとわたしの眼鏡を取り上げてしまった。

「えっ⁉　な、なにするんですかっ⁉」

いきなりのことに、わたしは慌ててしまう。

十六夜さんは眼鏡を取った手を持ち上げているから、手を伸ばしてもぜんぜん届かない。

「か、返してくださいっ！　せっかくの景色が見えないじゃないですかっ！　薔薇だってもっと見たいです！」

「イルミネーションと薔薇ばかり見ていたから、お仕置きです」

「お仕置きって……！　ほ、ほんとに眼鏡がないとあんまり見えないので……！　十六夜さんの顔だってもっと見たいですし……っ……！」

すると、十六夜さんはぎゅっとわたしを抱きしめてきた。頬にちゅっと軽くキスをくれる。

「たまには眼鏡がないあなたも、とてもかわいらしいです。眼鏡返してって慌てる姿がまたかわいらしい」

「な、なにばかなこと言ってるんですかっ……！　そんなのぜんぜんかわいくないですっ……！」

「いいえ、かわいいです。私が言うんですから間違いありません」

きっぱりと言って、十六夜さんはしばらくのあいだ、わたしを離そうとしなかった。

ほかのカップルも抱き合ったりしていたけれど、こういうことに慣れていないわたしは本当に恥ずかしくて、でもうれしくて――。

やがて十六夜さんは、

「実はもうひとつ、プレゼントがあるんです」

とようやくわたしを離してくれた。

そして「ちょっと待っていてください」といったん車まで戻ってから、紙袋を手に提げて戻ってくる。

「これです。気に入ってくださるといいのですが」

差し出された紙袋を受け取ったわたしは、中に入っているものを見て「ん？」と首をひねった。

薄っぺらいなにかに包装紙とリボンがかけられている。

そろそろと丁寧に開けてみると、一冊の童話だった。

驚いたのは、作者のところに「いざよい・しおん」と書かれていることだ。

「これ、十六夜さんが書いたんですか？」

「はい。つぐみさんだけのために書いた、童話です。バレンタインになにか特別なものをと考えていたら、つぐみさんは童話が似合うな、となんとなく思い浮かびまして」

「わ、わたしだけのために書いてくださったんですか⁉」

「はい。つぐみさんをイメージして書いたものです」

「でも、これ見た目もちゃんと製本されているように見えますけど……」

「もちろん、きちんと製本してあります。そのへんに売られている本となんら変わりありません。知り合いの製本会社に頼んだので、それほどお金はかかっていないんですよ」

「お金の問題じゃありません！　その気持ちがうれしいんです……！　ほんとに、ほんとにありがとうございます……！」

涙ぐんでしまったわたしをもう一度抱きしめて、十六夜さんはベンチに隣り合って座り、その童話を読み聞かせてくれた。

その童話は、「つぐみのたからもの」というタイトルで、文字通り、鳥のつぐみが主人公のお話だった。

森に棲《す》むつぐみの周りには、いつもたくさんの友だちがいた。

小鹿や烏《からす》、りすやうさぎ。種族を越えてたくさんの友だちがいた。

ある日、森を流れる小川に月色のちいさな船が流れてきた。

それは、世界で一番孤独な月が落としてしまった、大事なたからものだった。

月は第一発見者のつぐみに、それを返してくれるよう頼んだ。

するとつぐみは、こう言った。

「これはあなたの涙ですね。あなたの堅く閉ざされた心の中から流れ出したもの。これをあなたに戻したら、あなたはきっとまたたくさん心を痛めてしまうでしょう。ですから、わたしはこれをあなたに返すことはできません」

「では、それをどうするのですか」

月がそう問うと、つぐみはこう答えた。

「これはわたしがこうしてしまいます」

言うが早いか、つぐみはその船を食べてしまった。

つぐみの中で涙でできた月の舟は溶かされ、浄化された。たくさんの友だちがいて心の中もぽかぽかあたたかだったつぐみ本人には、なにも害はなく、悪いことも起きなかった。

そして月が心を痛ませる原因だった舟もなくなったので、月にも友だちができた。つぐみと共通の友だちが、いっぱい。いままで月に近寄る者がいなかったのは、その涙の舟があったせいで、月が冷たく見えたからだった。

月はつぐみに深く感謝し、月とつぐみはずっとずっと一番の親友として恋人として、生きたそうだ。

「言うまでもなく、この月は私でつぐみはつぐみさんのことです」

十六夜さんはそうとだけ言ったけれど、わたしはいままでで一番大切なものをもらった気がした。

十六夜さんの心の奥深くの一番大切ななにかを、贈り物にしてもらった。そんな気がした。

とてもとても幸せだった。

十六夜さんと初めて過ごすバレンタインは、とても素敵なものになった。

わたしはきっと、このバレンタインを一生忘れないだろう。

そんな確信があった。

その日を境に、十六夜さんがときどきわたしの眼鏡を取り上げる悪戯《いたずら》をするようになったのは、まったくいただけないけれど。

第四章

「『月乃《つきの》は耀司《ようじ》に命じられ、……屈服した。彼から与えられる官能という名の暴力の前では、なすすべもなかった』……い、十六夜さん、……もう……ここまで、で……っ……んぁんっ……！」

わたしの声とともに、ぬち、くち、と淫靡な音が二ヵ所から立つ。

一ヵ所は、わたしの両乳房から。

「これはローションです。ちゃんと身体をきれいにする成分も入っていますから、お風呂で使ってもおかしくないですよ」

と言って、十六夜さんがわたしの身体じゅうに塗り込めたものだ。

透明のそれは、いま十六夜さんの手で、わたしの乳房全体に塗り広げられていた。わたしの小ぶりな乳房が、てらてらと光りながら彼の指の動きでぬちゅぬちゅと音を立てゆっくりと揉みしだかれている。

もう一ヵ所は、秘所からだった。

わたしと十六夜さんは、お互いに裸で、猛《たけ》りきった十六夜さんの肉棒がわたしの足の付け根に挟み込まれ、愛液とローションとでたっぷりと濡れ光りながら、ぬるぬると行ったりきたりしていた。

ローションに媚薬効果でもあるのか、十六夜さんからの愛撫《あいぶ》が巧みすぎるのか、それともわたしがいやらしすぎるのか。

どれなのかわからなかったけれど、わたしはすでにくたくたになるほど感じきっていた。

二度目に抱かれた、あの日。

生クリームプレイとでもいうのだろうか。一般ではなんというものなのかわからなかったけれど、それをしたあの日以来。

十六夜さんは、毎日のようにわたしを抱くようになった。それこそ、遠慮も容赦もなくさんざんきもちよくされ、さんざん啼《な》かされる。

痛くないよう縛られたこともまた何度かあったし、クリームを使うことも幾度かあった。ちょっと特殊なプレイが、十六夜さんの好みらしい。

いや、好みというわけではなく、単に小説を書くため、インスピレーションが湧きやすいからという理由なのかもしれない。

なにしろ彼は、わたしを抱いたあと、わたしが眠っているあいだに休まず小説を書いているから。

少しでもわたしが小説執筆の役に立っていると思うと、いままでの人生で味わったことのない喜びを覚える。

家族とはまた別の、誰か人の役に立っているという確かな実感。

それを感じたのは、生まれて初めてのことだった。

十六夜さんは仕事熱心なのか、小説を書くことが好きなのか。おそらくそのどちらもなのだろうけれど、会うたびわたしを何度も抱いた。

もうすぐ三月に入るけれど、飽きずに毎日だ。

十六夜さんが書いた本を彼の前で朗読させられることも幾たびもあり、そのたび恥ずかしいシーンをわたしはあえてさけていたのだけれど。

「今日こそは、ちゃんと朗読してもらいますよ。いままでさけていたぶん、お仕置きも含めてたくさん恥ずかしい思いをしてもらいます」

と、お風呂場に強行されたのだ。

すでにこれまでも何度か一緒にお風呂にも入っていたし、そのたびセックスにもつれこんでもいた。いま持ち込んでいる本だって、お風呂専用に読書をするためのグッズを使ったものだから、防水効果もきちんとしているし、問題はない。寒いだろうからと十六夜さんがシャワーのお湯をわたしの腰から下に当ててくれていて、その湯煙や飛んでくるしぶきで、多少文字が見えにくかったりはするけれど、読むのに支障はない程度だ。

けれど。これは、そういう問題ではない。ないと、思う。

「どうしました？　その先をこそ、私は読んでほしいのですけれど」

「ふぁんっ！」

ぬりゅ、と乳首を指で挟まれ、同時に肉棒も動かされ、二ヵ所から与えられる快感に、浴室に声が反響した。

「む、むりですっ……！　もうじゅうぶん濡れ場、読んでますっ……！　そ、それに……」

「それに、なんですか？」

立って後ろから抱きしめられているかっこうだから見えないけれど、十六夜さん、絶対にやにやしてる！　声が笑ってる！

恨めしく思いながら、わたしは言いづらかったことを口にした。

「今回の本の濡れ場って、……その……いままでの十六夜さんの本にしては、言葉遣いがちょっと下品っていうか……だから、よけい読みづらいんですっ……」

「それはそうでしょう。それはちゃんと出版した本ではないですからね」

「え？」

さらりと言われ、わたしはきょとんとした。

ちゃんと出版した本ではないって？

「同人誌、ということですか？」

「まあ、そうなりますね。あなたに朗読してもらうためだけに、早急に作った本です」

「や、それにしてはすごい装丁ですし、厚みもかなりありますよ⁉」

思わず食いついてしまった。

今回の本は「月の啼く夜」というタイトルの本で、見栄えも厚みも市販の本とまるっきり区別がつかない。わたしの知っている同人誌は、見た目だけで言えば、悪く言えば安っぽいものだった。

と、いうか。

「わたしに朗読してもらうためだけに作ったたって、……そんなに恥ずかしいことを言わせたかったんですか」

ちょっと恨めしく思って首をひねると、すかさずちゅっとキスをされる。そして、にっこりきれいな顔で微笑まれた。

「ええ。どうしてもあなたに恥ずかしい言葉を言ってもらいたくて」

「そ、そんなことしてなんの意味があるんですかっ！」

「恥ずかしくなると、あなたは頬が上気してとても色っぽい。泣きそうになる表情もたまらない。私は、そんなあなたが見たい。――だからですよ」

「あっ！　やっ、いやぁんっ！」

ぷるぷる、と指先で両方の乳首を上下に弄ばれる。膣口にも、亀頭の切っ先がみちりと入り込みかけた。秘裂がひくついてしまうのは、もう条件反射としか言いようがない。わたしの身体は、もういろんな意味で、完全に十六夜さんのものにされていた。

ゴムを装着しているとはいえ、生のままのように肉杭がどくんどくんと脈打っているのがわかる。欲しい、と思ってしまう。自然と腰を揺らしてしまう。

十六夜さんは、そんなわたしのことを、もうすべてわかっている。

「ほら。言ってくださらないと、いつまでもこのままですよ？　のぼせるのはまずいですから、その前にお風呂場を出なくてはね。イかないまま、このまま眠れますか？」

「っ……！」

こんな身体になってしまって、眠れるわけがない。

わたしは、元から「素質」というものがあったのだと思う。十六夜さんが言っていた、「素質」が。

けれどそれを見つけ、開花させたのは十六夜さんだ。

十六夜さんがいなければ、いまのわたしはなかった。こんな身体だということも知らないままだったし、だから十六夜さんに「かわいい」とか「魅力的」とか言われることもなく、自分には魅力がないままだと思ったままだった。

——十六夜さんのことが、好き。

これまでも、何度そう思ったかしれない。

いまも強く、そう思う。こんなことをされていても、ううん、だからこそなのかもしれない。責められて胸がきゅんとしてしまうのは、間違いなくわたしが変態というか、M《エム》体質だからなのだろう。

わたしは本を持ち直し、震える声で続きを読んだ。

「耀司さん、お願いです。耀司さんの、……お、……」

どうしてもその単語を口にすることに抵抗がある。

この期に及んで言《い》い淀《よど》んでいると、また背後から乳首をくにゅりとつままれた。

「ぁんっ！」

「ステップが必要なようですね。ここからいきましょうか」

「こ、ここ……？」

「いま私がつかんでいるのは、あなたのどこですか？」

それなら、なんとか言える。そこは、そんなに恥ずかしい場所ではない。……やっぱり若干、抵抗はあるけれど。

「む、……胸……です」

「違うでしょう？」

「ふぁんっ！」

くりくり、と乳首を指の腹で嬲《なぶ》られる。まるでお仕置きだと言わんばかりだ。

「もっとほかの言い方で、言ってください？」

れろ、と弱い耳を舐《な》められ、「ひぁんっ！」と身体がびくついた。二ヵ所でもだめなのに、そこまで責められたらわたしは弱い。

ほかの言い方って、ひとつしか思い当たらない。少なくとも十六夜さんが、「その」単語をわたしに言わせたいんだということは、察することができた。

「お、……おっぱい、……ですっ……」

恥ずかしくて、涙が出そうだ。

ちいさな声で言ったわたしの耳に、十六夜さんはちゅっとキスをする。びくびくっとまた、全身が震えた。勝手に甘い声が上がるし、きもちいいしで仕方がないのに、十六夜さんは耳に幾度もキスを贈り続ける。

「では、次は？　本に書いてある月乃の台詞《せりふ》にもある単語。……言えますよね？　あなたのここに当てている、私のこれはなんですか？」

「あぁっ！」

ぐり、と再度、膣口を硬い亀頭が押し上げてくる。もう、先のほうは挿入《はい》っているんじゃないだろうか。それくらい、圧迫感がすごい。

恥ずかしい、……でも……欲しい。

十六夜さんが、欲しい。

この焦燥感に駆られてしまえば、もうわたしはだめだった。

無我夢中で、口に出していた。

「お、おちんちん……です……っ……わたしの中を、十六夜さんのおちんちんでいっぱいにしてください……っ……！」

この本に書かれている月乃の台詞を、そのまま言った。「耀司さん」というところを「十六夜さん」にかえたのは、自然なことだった。いまのわたしの心境が、月乃とおなじものだった。

背後で、十六夜さんがごくりと喉を鳴らす。

「その言葉が聞きたかった……！」

「ふぁあぁんっ！」

ずぷり、と今度こそ肉棒が押し入ってきた。一息に根元まで挿入されたそれは、目の前の鏡に赤黒く映っている。いままで鏡を見ないようにしてきたけれど、スイッチが入ったわたしは釘付けになってしまった。

お風呂だから眼鏡をかけていないけれど、鏡になにがどんなふうに映っているのか見えるほどには、視力が悪くはない。

十六夜さんが、腰を動かし始めながらくすりと笑う。

「ちゃんと、奥まで届いていますか？　鏡でも見えるでしょう、私のおちんちんはどんなふう

に動いていますか?」

　ぐちゅ、ずちゅ、と濡れた淫猥《いんわい》な音が響く中、わたしは喘《あえ》ぎながら答えた。

「と、届いていますっ……十六夜さんのおちんちん、わたしの中に、出たり……は、挿入ったりして……っ……あぁんっ……!　先のほうが特に硬くて、中を擦って、熱くて……っ……」

「私のおちんちん、好きですか?」

「好きっ……好きです、十六夜さんのおちんちん、好き……っ……あぁあぁぁんっ——‼」

　きゅっと両方の乳首をつままれながら、ごつりとさらに奥まで激しく突かれると、わたしはあっけなく絶頂に達してしまった。

　今日は特に興奮していたのか、十六夜さんもほぼ同時に「くっ……!」とこらえた色っぽい声を出して膜越しにどくどくと射精する。

　ああ、……今日はわたし、きっとすごく興奮している。

　だって、こんなにふらふらして——鏡に映った十六夜さんが、いつも以上に色っぽく見えて——なんだか、ふわふわする——。

「つぐみさん……つぐみさん⁉」

　わたしを呼ぶ十六夜さんの声が、不思議なほど遠くに聞こえた。

＊＊＊

なにか、夢を見ていたような気がする。

誰かに必死に名前を呼ばれていた、……はっきりとは覚えていないけれど、そんな夢。

ぼんやりしながら目を覚ますと、十六夜さんと誰か男性ひとりが口論しているのが聞こえてきた。

「のぼせただけなんですから、大事はないと言っているでしょう」

「いや、お風呂場で意識がなくなったのなんてこれが初めてなんです。なにか重い症状なのかもしれない。精密検査を受けさせてください！」

「いやいや、そこまでしなくても本当に大丈夫ですって。それよりも、早く服を着せてさしあげてください。シーツをかけてあるだけですから、いくらここが暖房をきかせているとはいっても、身体を拭いたばかりですし風邪を引いてしまいますよ」

「この人に触らないでください！」

「検査を受けさせろと言ったり触るなと言ったり、どっちなんですか」

「本当にのぼせただけなら、もう用はない。医者といえど、つぐみさんにむやみに触るのは許しません」

「はあ、とんだバカップルですね。おや、彼女さん、目を覚ましたようですよ」

そこで会話が途切れ、目の前に十六夜さんのきれいな顔がアップであらわれどきりとした。

いくら好きな人の顔でも、どんなに整っている顔だといっても、いや、だからこそ心臓に悪い！

「つぐみさん！　気分はどうですか？　どこか痛いとか気持ち悪いとか、ありませんか？」

「な、ない、ないです、だいじょうぶです……っ……、い、十六夜さん、顔、顔近い……っ……」

「本当に、大丈夫ですね？」

「はい、さっきはふわふわしてましたけど、いまはなんともないです。ほんとです」

断言すると、ようやく十六夜さんはほっとしたように離れてくれた。

そうだ、わたしお風呂場でふわふわして、それから意識がなくなって――。

見回してみると、ここは病院の診察室のようだった。

時計を見ると十一時半をさしていて、おそらくまだ夜だと考えると、救急外来だろう。

いそいそと十六夜さんが用意してくれていた服を着ていると、たてになってくれている十六夜さんの陰から、男性の医師が苦笑する声が聞こえた。

「あなたは浴室でのぼせて気を失って、この方に運び込まれたんです。ただのぼせただけだから大丈夫だと何度言っても、ちゃんと検査してくれときかなくて」

「この人は私の伴侶となる女性です。大事に想うのは当たり前でしょう」

憮然《ぶぜん》とする十六夜さんが、新鮮だ。なんだか、かわいらしい。

「診察が終わったら、もう身体を見るな触るなとうるさいし。ほんとに大事にされているんですねえ」

「よけいなことは言わなくていいです」

そう返す十六夜さんの顔は、照れたように頬を染めていた。

そんな十六夜さんもきれいで色っぽくて、こんな状況だというのにまた見惚れてしまった。

十六夜さんって、本当に自分の婚約者を大事にする人なんだ。

それはたとえばわたしが相手ではなかったとしても、そうだと思う。

けれど、うれしかった。

どんな理由であれ、十六夜さんがわたしを大事にしてくれている。

それは、確かなことだったから。


帰りの車で、気がついた。

「十六夜さん、靴下が左右違いますよ?」

十六夜さんは、この寒いのにガウンしかきていなかったのだけれど、それに靴下と靴というちぐはぐな組み合わせだった。それに加えて、左右が違う。

「ああ、……ちょっと……かなり慌てていたので」

ハンドルを切りながら、十六夜さんは歯切れ悪く言う。そんな自分を、いままであまり誰かに見せたことがなかったのかもしれない。

「あなたが急に倒れたりなんかするから、焦ってしまいまして。でも、大事なくてほっとしました」

心底から安堵《あんど》の息をつく十六夜さんに、きゅんとする。この人にときめくのは、これで何度目だろう。

「心配かけて、すみません。でも、ありがとうございます」

そこでわたしは、はっとした。

「って、十六夜さん！　十六夜さんこそ、ガウンの下！　裸のままどころか濡れたままじゃないですか！」

「私は大丈夫です。こう見えて頑丈にできていますので、……クシュン！」

「ほら、くしゃみ！　だめです、病院に戻りましょう！　診察してもらって、風邪薬をもらってきましょう！」

「いえ、こんなのたいしたことはないです。あなたのほうが意識を失ったんだから重症なんですよ」

「抱かれたあとわたしが意識を失うのなんて、いつものことじゃないですか」

「いえ、お風呂場では初めてです。あなたのほうが、……クシュッ！」

「ほら、また！　病院に戻って！　診察して家に帰ったら、あったかいものなにか作りますから。それ食べて、風邪薬飲んで寝ましょうね。……っくしゅん！」

つられたように、わたしもくしゃみをする。

十六夜さんが、くすっと笑った。

「……一緒にあたたかいもの、作りましょう。そして一緒に食べて、薬を飲んで一緒に寝ましょう。風邪薬なら、この前新しく買い替えたストックがありますから」

「……はい」

身体は寒気がするのに、胸はほこほことあたたかかった。

十六夜さんの家に戻り、改めてお風呂をわかし、今度はかわりばんこにきちんとあたたまる。冷蔵庫にあったもので簡単なおじやを一緒に作り、一緒に食べ、十六夜さんがストックしてあった風邪薬を飲んで一緒の布団に入った。

十六夜さんは、ずっとわたしの手を握っていてくれて、目が合うたびに恥ずかしくて笑ってしまった。

「こうやって、ただ一緒に眠るのって、初めてですね」

わたしがそう言うと、十六夜さんも微笑んでくれる。

「そうですね。いつもあなたには、むりをさせてしまっていました」

手を握っていない、もう片方の手で、さらりと髪を梳《す》いてくれる。男性に優しくそんなふうにしてもらうのは初めてのことで、うっとりと心地よくなった。

疲れがたまっていたのか、とろとろと眠気が襲ってくる。

「子守歌でも、歌いましょうか」

十六夜さんの優しい声に、ふふっと笑った。

そんなことしてもらわなくたって、眠れます。

そう返したつもりだけれど、ちゃんと言葉にできていたかわからない。

わたしはいつのまにか眠ってしまっていて——目を覚ましたとき、十六夜さんの姿はすでにそこにはなかった。

時計を見ると朝の六時をさしていて、外からは雀《すずめ》の鳴き声がさわやかに聞こえてくる。

いつも十六夜さんは、少し離れた机でパソコンに向かって小説を書いているのだけれど、今日はそのノートパソコンも閉じてある。

パソコンの前にメモ用紙が置いてあることに気がつき、近づいて手に取ってみた。

『しばらく離れましょう』

そのひと言だけが、きれいな字で書き記してあった。

「どういう、こと……?」

急なことに、頭がついていかない。

だって十六夜さん、ゆうべはぜんぜんそんな気配なかった。わたしが眠るまで、いつもとまったく変わらなかったのに。そのはず、なのに。

それとも、わたしが気づかなかっただけだろうか。

十六夜さんにはなにか、わたしとのつきあいに不満があったのかもしれない。なのにわたしが気づかないでいただけなのかもしれない。だから十六夜さんは不満が爆発して、こんな行動に出たのかもしれない。

ぐるぐるネガティブ思考に陥《おちい》りそうになっていたわたしは、はっと気がついた。

とりあえずわかっていることが、ひとつある。

十六夜さんは、いまはわたしと顔を合わせたくないんだ。

だからこうして書き置きだけして、姿を消したんだ。

いつまでもわたしがこの家にいたら、十六夜さんが帰ってきづらいに違いない。

とりあえず、この家を出よう。なにか考えたりしたりするのは、それからでいい。

十六夜さんの迷惑になることだけは、さけたい。

十六夜さんの邪魔にだけは、なりたくない。

わたしは着替えて荷物をまとめると、家を出た。

なにか朝食だけでも作っておこうかとも考えたけれど、いまの十六夜さんにはそれすら邪魔になるかもしれないと、やめておいた。

タクシーで自宅に戻ると、眠っているであろうお母さんを起こさないよう、二階の自室に上がる。

荷物を床に置き、暖房をかけ、ベッドに座る。

改めて、十六夜さんの書き置きの文字が脳裏によみがえってきた。

「どうして……？」

ぽつりと、言葉が漏れる。

わたしに満足できないところなんか、きっといっぱいあったと思う。昨日はお風呂場であんなことになったし、救急外来にも連れて行ってもらったし、それがきっかけになったんだろうか。こんな面倒な女、と十六夜さんも頭を冷やしたくなったんだろうか。

——そうかもしれない。

「ああ、もう」

今度こそ完全に、ネガティブ思考に陥った。

いや、でも、となんとか思い直してみる。

いまは小説の〆切《しめきり》が近いとかで、十六夜さんは追い込まれているのかもしれない。そこへわたしがあんなことになったりしたものだから、ちょっと疲れてしまったのかもしれない。だから、距離を置いて小説に専念したいとかなのかもしれない。

しばらくって、離れましょうって、どれくらいの期間だろう。

一週間？　一ヵ月？　それとも半年、とか？

とりあえず、十六夜さんがまた連絡してきてくれるのを待つしかない。

十六夜さんが離れたい気分になっているときに、わたしからなにか行動を起こすのは、きっと邪魔にしかならない。

はあ、と大きくため息が漏れた。

＊＊＊

「おまえ、最近十六夜さんに会ってないの？」

沖安くんがそう声をかけてきたのは、十六夜さんと会わなくなって二週間になろうというころだった。

季節は四月に移り変わっていて、日中はもうぽかぽかとあたたかく、社内でも過ごしやすい。

その社員食堂で手作りのお弁当を食べているところへ、食器の載ったトレイを持った沖安くんが目の前に座ったのだ。

「なんで、そんなこと」

「ごまかそうとしたって、おまえわかりやすいからな。十六夜さんとつきあってからいつもにこにこして楽しそうだったのに、ここ最近ずっと落ち込んだ顔してるし」

確かに、わたしは表情に出やすい。それは自分でも認めていたから、二の句が継げなくなる。

「別れたとかじゃないんだろ?」

「うん、たぶん……」

「たぶんてなんだよ、はっきりしねぇな」

十六夜さんとのことは、十六夜さんとふたりの問題だと思っていたから、これまで誰にも相談していなかった。

だけど、正直わたしも限界になっていた。

これまでずっと十六夜さん漬けの毎日だったから、なおさらだ。

十六夜さんと会わなくなってからずっと、急に酸素を奪われたかのように苦しかった。

「実は、……しばらく離れましょうって言われて」

「十六夜さんがそう言ったのか?」

「正確には、書き置きだったんだけど」

「どんな状況で?」

うっとつまったけれど、ここまで話したからにはと、腹をくくった。恥ずかしかったけれど、その書き置きをされた心当たりのある前日のことなどを、簡単に説明した。

ふたりのことを話したことは、あとで十六夜さんに謝ろう。……十六夜さんにもう一度会えたら、だけれど——。

「うーん」

サバの味噌煮《みそに》定食を食べながら話を聞いてくれていた沖安くんは、テーブルに肘をついた。

「十六夜さんの行動にしちゃ、おかしいんだよな」

「どういうこと？」

「俺の知ってる十六夜さんってさ、けっこう男女間のことにははっきりした人なんだよ」

まあ俺が知ってるって言っても、限りがあるだろうけどさ、と沖安くんは続ける。

「つきあうならつきあう、別れるなら別れる。しばらく距離を置こうだなんてまどろっこしいこと、しない人なんだよ」

沖安くんは、味噌汁をすすった。

「だからさ、今回だってしばらくでも離れたいと思うんなら、いっそ別れるっていう感じだと思うんだよな。取り巻いてた女どもの質《たち》が悪すぎてそうなったんだろうけど、恋愛には淡泊な人だから」

「じゃあ、……今回はどうしてなんだろう」

ますますわけがわからなくなってつぶやくと、沖安くんはさらりと言った。

「おまえのことが特別だってことなんじゃねぇの？」

「へっ⁉」

あまりにも予想外の言葉に、お箸を取り落としそうになる。

「いやいや、それは絶対にないよ！　わたしそんな、特別なことなんかなにもしてないし！」

「なにかしてもらったから好きになるとか、恋愛ってそういう理屈じゃねぇんだけどなぁ」

うーん、と沖安くんはまた考え込む。

「それか、あれ気にしてんのかな」

「あれって？」

十六夜さんの情報なら、なんでもほしい。

食いつくわたしに、沖安くんは教えてくれる。

「おまえと十六夜さんがつきあい始めたあたりにさ、文芸誌とかにもちょっと書かれてたんだよ、ゴシップ的なこと。どの雑誌もほほえましいですね的な感じの記事だったから、大丈夫かなと思ってたんだけど」

「わ、わたしと十六夜さんとのことが？」

「うん。宵野椿に新たな恋人、みたいな感じでさ。十六夜さん、あんな外見だしちょくちょくマスコミに取り上げられてたのはおまえも知ってるだろ。だから十六夜さんもそういうことに慣れてるし、俺も今回も特には気にしてないと思ってたんだけど」

「……わたしとのことを十六夜さんが気にしてて、しばらく離れようと思った……っていうこと？」

「推測にしかすぎないけどな」

わたしは、一気に落ち込む。

「それって、……わたしとのつきあいを誰にも知られたくなかったってことなのかな。わたし、なんのとりえもないし見た目だってこんなだし——」

「ストップ！　ネガティブ思考、禁止！」

沖安くんは、右手を挙げて待ったをかけた。ずずっとお茶を飲み干し、ふうっと息をつく。

「十六夜さんがほんとにそう考えてるのか、ほかになにか考えがあるのかはわからねぇよ。ただはっきりしてるのは、おまえの気持ちだ」

「わたしの？」

きょとんとすると、沖安くんは「ごっそさん！」と行儀よく手を合わせた。

「そ。おまえの気持ちが揺るがなけりゃ、なんとでもなる。今回のことは、俺はそう思ってる」

「気持ちって、十六夜さんへの？」

わたしもお弁当を食べ終わり、元通りに包む。

「そう。こんなことがあっても、十六夜さんへの気持ちは変わらないか？」

わたしは、即座に答えた。

「当たり前だよ！　変わらないから悩んでるんだよ」

「どんなことがあっても変わらない？」

「うん」

それには自信があったから、勢いよくうなずく。

するとと沖安くんは立ち上がってわたしのそばに回り込み、手を取った。

「ちょっとこっち」

「え?」

「いいから、こい」

引っ張られるようにして社員食堂を出たわたしは、屋上に続く踊り場まで連れてこられた。近いうちに工事があるからとかで、ここから先は立ち入り禁止になっている。だからひとけもない。ちょっと薄暗いから、なんだか恐《こわ》い。

「沖安くん、用事ならほかのところでも——ひぇっ⁉」

言いかけたところ、取られっぱなしだった手を引っ張られ、そのまま胸の中に抱き入れられた。

なに⁉　わたし、沖安くんに抱きしめられてる⁉

動揺しすぎて、取り落としそうになったお弁当箱を必死に胸に抱える。

「これは俺の憶測だけどさ」

沖安くんのほうは、落ち着いたものだ。こういうことに、慣れているんだろう。わたしを抱きしめながら、淡々と話す。

「おまえ、十六夜さんと肉体関係があるから勘違いしてるだけなんじゃねぇの?　十六夜さんのことが好きだって、そう思い込んでるだけじゃないのか？　だったら、たとえば俺と肉体関係持っちまったら、十六夜さんのこと忘れられるんじゃねぇか？」

　あたふたしていた心が、急速に冷めていく。――違う。

「違う。そんなんじゃない」

「どうしてそう言い切れる？」

「いまこんなことされてても、わたし沖安くんにドキドキしない」

　沖安くんの顔を見上げ、きっぱりと断言した。

「触れられてドキドキするのもうれしいのも、十六夜さんだから。いま改めて、そのことに気がついた」

　確かに十六夜さんを好きになったきっかけは、身体に触れられたからかもしれない。その前から恋の予兆はあったけれど、完全に好きになったと気がついたのは、身体をつなげたあとだ。

　十六夜さんに触れられて、ドキドキして、好きになった。

　だけど、誰でもよかったわけじゃない。それは、違う。

　元カレのときだって、触れられたいなんて気持ちになったことは一度だってなかった。だからキスもエッチも拒み続けていたのだ。

　十六夜さんは、わたしをその気にさせた。「この人になら触れられてもいやじゃない」と、そう思えた。

それだけの魅力が、十六夜さんにはあった。――少なくともわたしから見て、そうだった。

全部が、きっかけにすぎなかった。婚約者のふりをしてくれと頼んだのも、そのあとつきあうことになったのも、キスをしたのも、抱かれたのも。

すべてが、恋をするきっかけにすぎなかった。

たとえばほかの形で出逢ったとしても、どんなきっかけだったとしても、わたしは十六夜さんに恋をしただろう。

いま初めて、そう確信できた。

沖安くんはじっとわたしを見下ろしていたけれど、やがてはぁっと深いため息を吐き、わたしを解放してくれた。

「俺、ちょっとおまえのこと好きだったんだけどな」

苦笑いして、そんなことを言ってくれる。

いつものわたしだったら、かなり動揺していたに違いない。

けれど十六夜さんへの想《おも》いを再認識したいまは、不思議と心は穏やかだった。

「この隙に、おまえを奪っちまえるかもってちょっと思ったんだけど。むりだったな」

沖安くんはそう続け、わたしの背中をばん、と強めに叩いた。

「いまのことは忘れてくれ。まだ十六夜さんがおまえのこと好きだったとしたら、俺が殺される」

「それは、……どうかな」

「そこは信じろよ。なにがあっても好きならさ。だいたいさ、十六夜さんも一方的すぎるんだよ。なんにも理由を話さずにしばらく距離置こうとかさ。それにしばらくくっつっても二週間待ったんなら、もうじゅうぶんだろ。こっちからコンタクト取ってみろよ。多少強引なほうがいいかもしんねぇし、家に押しかけちまえ」

「いやいや、それはさすがにできないよ！」

「なに言ってんだよ、婚約者だろ？　それくらいの権利はあるっつーの」

なにも婚約破棄されたわけじゃないんだろ？

そう励まされ、ちょっとだけ勇気が出てきた。

沖安くんの行動はちょっと荒療治だったけれど、ばっちり効いたみたいだ。

少しだけ、心が軽くなっていた。

＊＊＊

土曜日になるのを待ち、わたしは行動を起こすことにした。

泊まろうというわけではなく、週末ならゆっくり話し合いの時間がとれると思ったからだ。

よく晴れた昼下がりで、今日もぽかぽかとあたたかい。天気が味方をしてくれているようで、勇気もひとまわり膨らんだ気がする。

バスに乗って、それから徒歩で十六夜さんの家に到着した。

もちろんというか、コンタクトは取っていない。いきなり押しかける形になるけれど、それがいいんだと沖安くんも背中を押してくれた。

いまの十六夜さんにも、荒療治が効くんじゃないか、と。

逆にへたに先にメールとかで連絡を取っても、それは十六夜さんに逃げ場を作ってしまうのではないか、と。

いまの十六夜さんがどんな状況かはわからないから、断言はできないけれど――。

もしかしたら、家にいないかもしれない。――いてくれますように！

ドキドキしながらチャイムを鳴らそうとしたところへ、家の中から声が聞こえてきた。

「もう、……こんなところで、ですか？ ベッドまで待てないんですか？」

「待てない」

わたしは、はっと息を呑んだ。

十六夜さんの声だ！

十六夜さんと、誰か知らない女性の声。「待てない」と言ったのは、確かに十六夜さんの声だ。間違いない。

思わず、聞き耳を立ててしまう。

「そんなにたまってたんですか？　あの人じゃ、やっぱり物足りなかったんですね。体力なさそうだったし、あなた、精力を持て余していたんでしょう」

「まあな」

「ちゃんと避妊はしてました？　あとから『子どもができたから』なんて結婚を迫られたら、困りますよ？」

「そのへんはちゃんとしている」

――これ、……わたしのこと、だ。

女性の言っている「あの人」は、わたしのことだ。

だってわたし、抱かれるたびにぐったりしていた。意識を失ってしまったことだって、何度かあった。自分が特別体力がないとは思っていなかったけれど、一般的に見たらそうなのかもしれない。

結婚を前提としていたのに、十六夜さんは避妊もしていた。しなかったのは、最初の一度だけだ。あのときはきっと、勢いからわたしを抱いたから準備していなかったんだろう。そのあとはお風呂場でするときだって、いつも避妊していた。

そういえば、十六夜さんが「しばらく離れましょう」と言い出したのは、わたしがお風呂場でのぼせてからだ。

あのとき十六夜さんは、わたしの体力のなさに幻滅したのかもしれない。それがきっかけだと考えたら、すべて納得がいってしまうような気がする。

——もしかしたら、幻滅したのはそれだけじゃないかもしれない。地味で平凡すぎるこんな女に、やっぱり見切りをつけたかったのかもしれない。いきなり別れを切り出せば、わたしがショックを受けると思って、それで距離を置くだなんてキャラじゃないことをしたのかもしれない。

十六夜さんが本当に好きなのは、扉の向こうにいる、この女の人……？

ぐるぐると勝手に思考が巡り、血の気が失《う》せる。

とても立っていられなくて座り込みそうになったところへ、手がガタリと扉にぶつかってしまった。

——いけない……！

「誰かいるんですか？」

目が覚めたような十六夜さんの声が鋭く飛び、あっと思う間もなくガラリと引き戸が開いた。

藍色の和服姿の十六夜さんの姿に、どっと涙があふれ出た。

久しぶりに会えて、うれしくて。

変わらずきれいで健康そうな十六夜さんでいてくれたことに、ほっとして。

大好きだということを、実感して。

……でも、もう別れなくちゃいけないんだと悟って。

「待ってください！　——待って！」

ふらふらする身体を叱咤《しった》しつつきびすを返そうとしたところを、玄関から駆け出てきた十六夜さんに、がしりと手首をつかまれた。

「どうしてあなたがここに？　というか、いまの会話、聞いていたんですか？　もしかして、それで泣いているとか？」

「わたし、……」

そんないっぺんに聞かれても、いっぺんに答えられない。頭が混乱して、もういっぱいいっぱいだった。

十六夜さんの胸の中に抱き入れられながら、わたしは叫ぶように告白していた。

「ごめんなさい、わたし十六夜さんのこと、好きです！」

泣きながらだから、かすれた、ひどい声だった。しかも十六夜さんの質問に、なにひとつ答えられていない。

けれど、いまわたしに言える確かなことはこれだけだった。

ぽかんと見下ろしていた十六夜さんは、

「せんせー、こんなかわいい子いつまでも泣かせてたら、わたしがとっちゃいますよ？」

と、なぜだかニヤけた表情の女性に声をかけられ、我に返ったようだった。

「つぐみさん、それはその、本当のことなのでしたらとても光栄なのですが」

「わかってます、十六夜さんはその人が好きなんですよね？」

しゃくりあげながら、わたしは本能のまま口にしていた。いまのわたしには、それしかできなかった。

「へ？　いや、なぜそうな」

「わたしが身を引かなくちゃいけないって、わかってます。でもわたし、十六夜さんのことが好きなんです。なにがきっかけかって、もう自分でもよくわかりません。気がついたらずっと、十六夜さんのことばかり考えてました。十六夜さんのこと、大好きになってました。きっと好きになる人じゃなければ、あんなことされてもいやなだけでした。キスされても触れてもいやじゃなかったってことは、十六夜さんはいずれわたしが好きになる人だったんです。そして、実際そうなったんです」

「つぐみさん、ちょっと落ち着いて」

「いきなり距離を置くって言われてずっと我慢して連絡も取らないでいて、またいきなりこんなの、落ち着けるわけありません！」

「うんうん、そうですね。というか、もう面倒くさい」

「め、面倒くさくて悪かっ、――んんっ――‼」

悪かったですね、と拗《す》ねた言い方をしそうになったところを、強引に顎をつまれ仰向かされ、唇を奪われた。

相変わらず十六夜さんのキスは、とても甘かった。久しぶりだから、よけいにそう感じる。

いきなりのキスにとろんとしたところへ、十六夜さんは薄茶色の瞳に情熱の色を灯《とも》しながら告げた。とてもとても、真剣な顔つきで。

「私も、つぐみさん。あなたのことが好きです」

今度こそ、思考が停止した。

あまりに予想外の告白に、頭の中が真っ白になる。

わたしが言葉を発することができたのは、たっぷり数分経《た》ってからのことだった。

「そ、……そんなの信じられません……！」

すると、十六夜さんははぁっとため息をつく。ようやくわたしの身体を解放してくれながら、言った。

「それは、あなたがいろいろと勘違いしているせいですよね？　たぶん、全部私の言動のせいだと思うんですが——、とりあえず上がってください。あなたの気持ちもわかったことですし、包み隠さずお話します」

といってもたいした事実ではないんですけれどね、と十六夜さんは目元を和ませてわたしを見下ろした。

愛おしげなそのまなざしを受けるのも久しぶりで、心がほっとする。

こんな、よくわからない状況だけれど。いまわたしはようやく呼吸ができたかのように、少しだけ楽になっていた。


とりあえず話を聞こうじゃないかと、わたしは招待されるままに十六夜さんの家に上がった。

もうこうなったら、やけだ。十六夜さんにどんな事情があったのか、全部聞かせてもらおう。

というか、それが十六夜さんに対して、好きな人に対しての真摯な態度だと思う。

いつもノートパソコンが置いてある仕事部屋に通され、座布団を出され、そこに座る。

ここは仕事部屋でもあるけれど十六夜さんが主に自室としている部屋のようで、抱かれるときはたいていここだった。初めて抱かれたときだって、この部屋だった。思い出すと、胸がきゅんと疼《うず》く。

十六夜さんが、本当にわたしのことを好きなのかは、まだ信じられない。そんな夢みたいなこと、あるわけがない。そう思ってしまっている。

だけど、十六夜さんに甘く抱かれた事実は変わらない。わたしの中では、いい思い出なのだ。

だから、こんな状況でも思い出せば甘酸っぱく感じる。

十六夜さんの突然の告白のおかげで涙は止まったものの、泣いたせいで眼鏡が曇ってしまっている。バッグの中からハンカチを取り出してそれで拭おうとしていると、背後から「どうぞ」と女性の声がした。

振り向くと、さっき玄関にいた女性が立っていて、専用の眼鏡拭きを差し出してくれていた。

彼女も眼鏡をしているから、それで常備しているのだろう。

わたしもいつもは持っているのだけれど、今日はここにくる用事が用事だったから、気が急《せ》いていたのだろう。今日に限って、バッグに入れてくるのを忘れてきてしまっていた。

「……ありがとうございます」

複雑な心境で受け取り、眼鏡を拭く。使い捨てのものだけど、ほかの人の家でゴミを出すのは気が引けて、バッグの中にしまった。

元通り眼鏡をかけると、じっとわたしの行動を見ていた女性が、にんまりと口角を上げる。

「な、なんですか?」

「いーええ」

女性はにっこり微笑んで、十六夜さんのほうを見た。

「先生、彼女ほんとにいい育ち方をした人みたいですね。こんな子いまどきいないですよー、わたしがもらっちゃだめですか?」

「だめです」

即答した十六夜さんはといえば、机のところの座椅子にわたしと向かい合うようにして座っていた。

こうして少し冷静になってみると、十六夜さんがこの女性に対して甘い視線を送っているということはない。むしろ、いま「だめです」といった瞬間は敵視しているような鋭いまなざしだった。

　わたしは失礼かなと思いつつも、改めて女性を観察してみる。

　こげ茶色の髪を後ろでひとつにまとめ、無造作に黒の髪ゴムだけでくくっている。身長はわたしより二十センチは高いだろうか、十六夜さんほどではないけれど女性にしては長身だ。手足がすらりと長く、グレーのパンツスーツをピシッと見事に着こなしていて、いかにも「デキる女」といった感じだ。顔立ちも鼻筋がスッと通っていて、すっきりとした眼鏡の似合う美人さんだ。

　こんな人がライバルになったら、絶対に負ける自信がある。

　心がしおれかけたところを、見透かしたように十六夜さんが口を開いた。

「つぐみさん、紹介します。この方は私の担当編集で、三波《みなみ》さやかという方です」

「どうもー、よろしくお願いしますね！」

　にこやかにあいさつされ、わたしも慌てて「あ、ど、どうも」と慌てて頭を下げた。

　……って。

「担当編集者の方……なんですか？」

「はいー！」

「十六夜さんの好きな人とか、本当の恋人とかではなく？」

「とんでもないですー！　男の恋人になるとか冗談じゃないですよー、わたし、かわいい女の子が好きなんです！　つぐみさんみたいに控えめで家庭的なのに乱れてくれそうな子って、めちゃくちゃ好みなんですよねー！」

「えっ、そ、そうなんですかっ⁉」

世の中には同性のほうが好みという人たちもいるとは知っていたけれど、実際会うのは初めてだ。ちょっとかなりびっくりして、まじまじと見てしまう。

十六夜さんは、不機嫌そうに眉間にしわを寄せた。

「そこ、さりげなくつぐみさんを名前呼びしない。あと、つぐみさんは私のものです。狙うのも却下ですよ」

「仕方ないなー、引き下がってやるか」

「引き下がってやるかもなにも、あなたとつぐみさんのあいだにはまだなにもないですよね？　ついさっき出逢ったばかりですよね？　まるでずっと長い間つぐみさんを想っていたような言い方をするのはやめていただきたい」

「もー、先生はつぐみさんのことになるとすぐムキになるんだから」

「だから名前で呼ぶな、つぐみさんを！　私だけの特権です！」

「はいはい」

「はいは」

「一回ですよね、わかってまーす」

ぽんぽん飛び交う言葉の応酬に、若干ついていけない。

だけど、こんな十六夜さんを見たのは初めてだった。余裕がないというか、必死というか。いつも穏やかなのに、こんなに警戒心ばりばりに出して、この女性、三波さんが言ったとおりムキになって――。

あ、でも。

そういえば、二週間前お風呂場で倒れて救急外来に運ばれたときにも、十六夜さんはこんな感じだった。あのときも、男性の医師にムキになっていた。「この人に触らないでください！」と叫んでくれていた気がする。「むやみに触るのは許しません」とかなんとか……。

いまの十六夜さんは、あのときと似ている。

ふたりの会話をじっと聞いていたわたしに気づき、十六夜さんは自分を落ち着かせるようにひとつ、息を吐いた。

「まずもう一度、これを先に言っておきましょう。そのうえで、私の話を聞いてください。つぐみさん、私はあなたのことが好きです」

改めて真正面から真剣なまなざしで言われて、心臓がきゅんと鳴る。頭が追いつくよりも先に、本能が喜んでしまった。信じられないのに、うれしい。

「あの、でも……まだ信じられないし、いろいろわからないことも多いんですけど……」

そろそろとそう伝えると、十六夜さんは「そうでしょうね」とうなずいた。

「あなたが激しく勘違いする原因になったであろうひとつのことは、さっきの三波さんと私との会話ですよね？」

「あ、は、はい。盗み聞きしていたわたしも悪かったんですけれど」

「いえ、それはいいんです。この家はあなたの家も同然なんですから、いつ帰ってきてくださってもいいんです」

さらりと当たり前のようにそう言われて、じわりと心があたたかくなった。涙でにじんだかのように。「帰ってきていい場所」なんて、たいていの人はひとつだと思う。だけど、なかなか手に入れられないものでもある。

それを十六夜さんは、さらりとくれたのだ。というか、くれていたのだ、わたしが気づかなかっただけで。

「あれはですね、先生の原稿を読み返していただけだったんですよー」

三波さんが、ちょっと申し訳なさそうにぽりぽりと頭をかく。

「っていってても言い訳になっちゃうかもしれないんですけど、ほんとのことなんで言っときますね。先生って男だろうが女だろうが、担当編集者に女性役をやらせて一緒に朗読するっていうの、けっこうありまして。それでインスピレーションが湧いて、続きが書けて、結果いい原稿になったりするもんですから、業界ではそれが当たり前っていうか。あ、これは先生に限ってなんですけどね。ほかの作家先生はまた違うスタイルだったりするんですけど」

で、今回はわたしが相手役をやらせていただいていたわけです、と三波さん。

「もちろんですけど、先生はわたしの身体に指一本触っていません。ほんとに朗読するだけなんで。ってか、先生の口調も違ったし明らかに棒読みだったし、先生ぜんっぜん熱入ってなかったですよ？」

「そ、そうなんですか？」

「そうですよー」

そういえば、十六夜さんはいつも敬語なのに、さっきは違った。棒読みと言われれば、それもそう、……だったような気がする。

「だいたい先生、『万が一でも婚約者に手を出されないように』って、二月あたりからむりやり担当をわたしに変更しちゃいましたからねー。あ、もちろん婚約者ってつぐみさんのことですよ？」

「え……えっ？」

立て続けに予想外のことを言われて、あたふたしてしまう。そんな話、ぜんぜん知らなかった！

三波さんは、にやにやしながら続ける。

「いままで恋人がいたって一度もそんなことなかったのに、急にですよ。空いてる担当がわたししかいなかったんでわたしになったんですけど、先生、ちょー嫌がってました」

「当たり前です。あなたは女性好きだ。男の編集者から変更してもらった意味がない」

「まあ、だから打ち合わせとかも外でやるようにしてたんですけどね。もしわたしとつぐみさんとが出逢ってつぐみさんが狙われたりわたしが奪ったりできないようにって。つぐみさん、大事にされてるんですよー」

にまにまと言う三波さんに、わたしは「いや、でも」と意味のない言葉を繰り返すしかない。そんなこと言われても、にわかには信じがたい。

十六夜さんは、照れくさそうに頬を染めている。

「まあ、さっきの会話はそういうわけです。そのことについては、理解していただけましたか?」

「――はい」

わたしは急いで、うなずいた。

十六夜さんがわたしのことを好きというのはまだ信じがたい。けれど、朗読のことについては理解できた。あれは完全に、わたしの勘違いだったんだ。

「その、……すみません、勝手に勘違いして大騒ぎして……申し訳ないです」

本当に、おとなげなかった。穴があったら入りたい。そんな気分で反省していると、「いえ」と十六夜さんがかぶりを振った。

「勘違いさせるようなことをした、私が悪いんです」

そして十六夜さんは、話し出した。

「いまから思うと、きっかけは合コンのときでした。つぐみさん、あなたと初めて出逢った、あの合コンです」

わたしが誰か男性に口説かれても、ただひたすらにスーツの袖を直していた、あのとき。

十六夜さんはお酒を飲みながらその姿を見て、ふと脳裏に思い浮かべた。

「この女性が、この私の家にいて、私の服を繕ってくれている。そんな風景が思い浮かびました」

そうしたら、胸がほっこりとあたたかくなったのだという。

「裁縫が得意でも、料理はそうではないかもしれない。けれど、悪く言えば地味でまじめで平凡。男性にも免疫ができめんになさそうで。そんな女性は、いままで私の周りにいなかったタイプです。もしこの人が自分と結婚してくれたら、もしかしたら、平凡でもあたたかな家庭を築くことができるかもしれない。……あのとき、そんな想像をしていたんです」

十六夜さんも人並みに、将来はあたたかくて幸せな家庭を築こうと思っていた。でも恋人になってくれる女性は、誰もそんなことは望んでいない。ただ「宵野椿」というブランドが欲しいだけだ。だからもうあきらめかけていた、そこに「崎原つぐみ」、わたしが現れた。

けれどその合コンのときには、十六夜さんはなにも行動しなかった。

こんなのは、ただの自分の想像だ。あの女性とも、もう二度と会うことはないだろう。

そう思ったのだそうだ。

「でも一年ほど経って、その女性が『偽の婚約者を探している』という話を龍己から聞いたとき、もしかしたら運命かもしれないと思いました。運命は言いすぎかもしれない、でももしかしたらそうなるかもしれない、と」

とにかくなにかのきっかけにつながるかもしれない。そう思った十六夜さんは、わたしの偽の婚約者役を引き受けてくれたのだそう。

「会ってみると、仕草や言動といい、あなたは本当にいままでつきあったことのないタイプの女性でした。それはあなた本人にも、何度も言ったと思います」

「はい」

わたしは、相槌《あいづち》を打った。確かにそれは、いままでに何度も言われている。

十六夜さんは、うなずき返した。

「つぐみさん。なにがきっかけになるかわからないと、あのときつぐみさん、カフェで言ったでしょう」

「あ……そういえばそういうこともありましたね」

カフェで確かに、わたしはそんなことを言った。きれいな十六夜さんに見惚れて挙動不審になりながらも、そんな話をした記憶がある。

「あの言葉に、惹《ひ》かれました。いま思うと、とどめでしたね」

「とどめ？」

「ええ」

十六夜さんは、ふっと微笑む。その穏やかで愛おしげな色を見せる薄茶色の瞳に、どきんと胸が高鳴った。

「『なんでもそうですけど、なにがきっかけでどう運や縁が転がるかわからないじゃないですか。恋もきっとそうだと思います』」

「よ……よく覚えてますね」

間違いなく、わたしがあのときカフェで言った台詞《せりふ》だ。自分でも、いま言われるまでそこまで正しく覚えているかあやしかったのに。

十六夜さんは、ふふっと笑った。

「当然です。あれが私の心に刺さった、とどめの言葉だったんですから。——私もね、つぐみさん。そう思ってきたんです。なにがきっかけで運や縁が転がるかわからないって。特別つらい過去があったわけじゃない。けれど、人並みにはありました。哀《かな》しいときやつらいとき、私はそう自分に言い聞かせて乗り越えてきました。——だけど、恋もそうだとは思いもつかなかった」

仮にも小説家だというのに、おかしいですよね、と十六夜さんは苦笑する。

「私とおなじことを思っている人がいたのだと、うれしくなって。恋もそうなのだと気づかされて、目から鱗《うろこ》が落ちたようでした。私はいい恋愛をしてきたとは言えませんでしたし、どちらかといえば嫌気がさしていました。恋愛になんて、なんの希望も持っていませんでした。でもそんな私の灰色の世界に、あなたは光を落としてくれたんです。あの瞬間、視界がぱっと開けた感じがしました。悪い魔法からとけたようだった」

あのときからです、と十六夜さんは続ける。

「あのとき私は、完全にあなたに恋に落ちたんです」

と。

だけど急に「恋に落ちました」だなんて言っても、あやしまれたり警戒されたりするだけだろう。なにしろ自分はこんな職業だし女性遍歴もあるし、第一ほとんど初対面だ。この崎原つぐみという人はいい意味でまじめだし、きっと長い時間をかけなくては口説き落とせないだろう。

十六夜さんはそう思い、まず形から入ろうとしたのだそう。

「だからあのとき、本当に結婚しませんかって提案してくださったんですね」

「そのとおりです」

納得するわたしに、十六夜さんは相槌を打つ。

「まず本当の婚約者になって、デートをして。肉体関係だって、きちんと段階を踏もうと思っていました。——でも、あなたは予想以上に魅力的でした」

「そんな、」

「あなたはそんなことないと思うかもしれませんが、本当です。少なくとも私にとっては、そうでした。前にも言いましたけど、あんなスイッチが入ったのはあなたが初めてだったんです」

裸エプロンの提案をした、あの日。十六夜さんは、自分でもどうにもできない感情に駆られてしまったのだという。

「あなたに触れたくて、仕方がなくて。こんな衝動をおさえられないなんて、中学生のガキでもあるまいにと自制しようとしましたが、むりでした。あなたは、……かわいすぎた」

熱のこもった瞳で見つめられ、また心臓がどきりとする。そんなにまっすぐ言われたら、うれしいやら恥ずかしいやら照れくさいやらで、呼吸が苦しくなってしまう。

だけどそれは、幸せな苦しさだった。

「あなたを前にするたび、あなたに触れるたび、今度はこうしよう、こんなことをしてもらおう、そういう衝動に駆られました。そんな欲求に勝てなかったのは、好きだったからこそです。あなたの身体に、完全に溺れていました。だから、あなたの身体を気遣うことができなかった」

十六夜さんは、つと視線を伏せる。顔に暗い影が落ち、瞳にはありありと反省の色が見て取れた。

「二週間前にあなたがお風呂場で倒れたとき、初めて自分の愚かさに気づきました。いかに自分が身勝手だったか、思い知らされた。あなたはあのとき、毎日無茶な抱かれ方をした疲れも、きっとたまっていましたよね。そんなことにも気づけなかった。ただただ文字通り、あなたとの行為に溺れていた。……男として、婚約者として、最低です」

しばらく自分の頭を冷やそうと思いました、と十六夜さんは続ける。

「それには、しばらくあなたと離れる必要がある。あなたのそばにいれば、私はきっとまた欲望に負けてあなたをめちゃくちゃに抱いてしまう。その衝動をおさえられる自信がない。あなたを壊してしまうのが恐かった。だから、急にあんな書き置きをして勝手に離れました」

「……そうだったんですね」

「いま思うと、その行動だって身勝手そのものでした。私は本当に、愚か者です。あなたが不安に思うことすら、想像する余裕もなかった。あなたが今日ここにきたのだって、待つのが限界になったからなんですよね？」

「そうですけど、でも、その……十六夜さんこそ、そんな行動に出てしまうくらい十六夜さんの気持ちが切羽詰まっていたっていうこと、ですよね？」

「そうなんですが、ちょっと考えればわかることでした。おとなの男として情けない限りです。……傷つけて、不安にさせて、本当にすみません」

わたしはそっと微笑み、かぶりを振った。

胸のつかえが、嘘のようになくなっていた。

十六夜さんがわたしのことを抱いてくれていたのも、わたしの身体に魅力を感じてくれていたからだけじゃない。好きでいてくれたからでも、あった。

思い起こしてみれば、十六夜さんは本当にわたしを大事にしてくれていた。デートのときもそうだし、お風呂場でのぼせたときのことだってそう。あのときお医者さん相手にでさえ、わたしに触れるのをだめだと言ってくれたりした。靴下を色違いに履いてしまうほどに、慌てたり焦ったりしてくれた。いつもは穏やかで冷静な十六夜さんが、だ。

十六夜さんはさっきからわたしのことを好きだと言ってくれていたけれど、いまごろになって実感がわいてくる。胸の中がふくふくとあたたかくなり、くすぐったいくらいに幸せだ。

両想いだとわかったら、ますます十六夜さんのことが愛おしくなってきた。

「わたしも、早く言えばよかったですね。十六夜さんのことが、好きだって」

いろいろよけいなことを考えずに、言ってしまっていればよかった。そうしたら、こんなにこじれなかったかもしれない。

「いや、でも言ってくださっていたら、きっと私の歯止めはますますきかなくなっていましたよ。あなたも私のことが好きなんだと思っただけで、いまでもやばいくらいですから」

「えっ……」

くすくすと笑いながらの十六夜さんに、どきりとする。

窓は開け放たれていて、さわやかな春風が舞い込んでくる。その風に十六夜さんの薄茶色の髪がそよそよとなびき、きれいな顔にかかると、ますます切なげな色っぽさを増してきゅんとする。

どくん、どくんとわたしの心臓は早鐘《はやがね》を打ち始めていた。

「あの、……わたしはいつだって、十六夜さんに抱かれたい、です」

ああ、こんな恥ずかしいことが口に出せているということは、またスイッチが入ってしまっているのかもしれない。いや、絶対にそうだ。だって、心も身体もこんなに火照っている。心の底から、身体の底から、十六夜さんを欲している。十六夜さんが欲しいと、いままで何度も思ったことをまた願っている。

熱に浮かされたように、わたしは伝えていた。

「十六夜さんになら、わたし……めちゃくちゃにされてもいいです。されたいです。……今日は、その……避妊とかそういうの、なにも考えずに、十六夜さんのすべてを受け止めたいです。……だめ、ですか?」

十六夜さんは驚いたようにわたしを見つめ、ごくりと喉仏を上下させる。そして、ふっと笑った。

「あなたの口からそんな言葉が出るなんてね。だからたまらないというんです」

十六夜さんは上半身をひねり、手を伸ばして窓を閉めた。その意味するところをさとって、わたしはさらにドキドキする。

同時に三波さんの存在を思い出し、はっと見回した。

けれど、彼女の姿はいつのまにか消えていた。

「あの、……三波さん、は……？」

「もうとっくに出ていきましたよ」

「え、いつのまに」

「私が話し始めたあたりから、でしょうか。いまは会社に向かっているようです。メールがきていました」

マナーモードにしていたので私もいま気づいたんですが、と、十六夜さんは携帯の画面を見せてくれる。

そこには、

『悔しいけどつぐみさんは先生に譲ります！　がんばってくださいねー！』

と、絵文字や顔文字いっぱいのメッセージがあった。

「譲るもなにも、つぐみさんは最初から私のものなんですけどね」

「あ……っ……ンンっ……っ……」

手がのびてきたかと思うとぐいと肩を抱き寄せられ、キスで唇をふさがれた。

二度、三度と触れるだけのキスをされるだけでも、びくびくと肩が震えてしまうくらいにきもちがいい。久しぶりだからなのか、今日はいままでで一番感じている。

唇を離した十六夜さんの顔がやっぱりきれいで、とろんと見惚れてしまった。

「……そんな顔をされると、布団を敷く余裕もなくなってしまいます」

十六夜さんの瞳にも、はっきりと情欲の色が灯《とも》った。それを意識したとたん、わたしも興奮してくる。ぎゅっと十六夜さんの背中に手を回して抱きついた。

「布団なんか、いりません。早く十六夜さんが、欲しい……っ……」

「っ……どうなっても知りませんよ」

「あ、ぅんっ……！」

深く唇を貪られ、大きな手で胸を包まれる。ちゅ、ちゅぱっと唇を舐《な》めたり吸われたり、舌先を絡めあったりされながら、性急な手つきで乳房を揉《も》みしだかれる。

十六夜さんの吐息も少し荒くて熱くて、瞳も熱っぽい。陶酔しきったようにわたしを見下ろすと、もう一度ちゅっとキスをくれた。

「つぐみさんの身体は、いつもいいにおいがする」

は、と息をついて、わたしの首筋から耳の裏へとちゅ、ちゅ、と連続してキスを浴びせてくる。

「あぁんっ……！」

「きっとあなたは、私だけにしかわからないフェロモンを放っているんですね。これはそういうにおいだ。私を誘ってたまらなくしてしまう」

「ふぁんっ……あんっ……そんな、そこ、だめぇっ……っ……あ、いやぁんっ！」

胸にあった手が、するりと下に下りる。ひざ丈スカートの中にまで手を入れて、するりと器用に片手でショーツを脱がせてしまった。そして遠慮なしに秘所へと手を移動させ、指をいきなり二本も挿《い》れてくる。

くちゅりと音が立って、羞恥にかぁっと熱くなった。十六夜さんは、ふふっと笑う。

「もう濡れてくれているんですね。そんなに欲してくれているんですか？」

「当たり前ですっ！」

自分でもびっくりするくらい、断言してしまった。

だけどそれは本当だから、仕方がない。いまのわたしには、隠す理由もないしそのつもりもない。熱に浮かされたように、驚くほど素直になっていた。

「だって、十六夜さんのことが大好きなのに、二週間も会わないでいたんです。十六夜さん不足で、自分が息をしているのかさえわかりませんでした。それくらい、苦しかったんです。心も身体も、十六夜さんが足りないんです。だから早く、」

「……ああ、あなたという人は、もう……っ……！」

「きゃっ……！」

もどかしげな手つきでスカートを脱がされながら、畳の上に仰向けに押し倒された。

十六夜さんも上半身だけ裸になり、下半身も前をくつろがせる。下着の中からぶるんと勢いよく取り出された肉棒は、いままで見たどのときよりも大きく膨らんでいて、どくどくと脈打っていた。

「足りなかったのは、あなただけじゃない。私もだ。私もあなたが欲しくて欲しくて、たまらなかった。毎晩のようにあなたを想ってはひとりで扱いていた」

「あっ、……あっ、……」

十六夜さんは硬く勃起した陰茎を手で握り、むき出しになったピンク色のわたしの秘裂にぬりゅぬりゅと擦りつける。時々入り口に先端が挿入《はい》って、その硬くて熱い感覚にどっと愛液があふれ出し、太ももまでたれてきた。

十六夜さんはそれに気づき、たれた愛液をつっと指ですくい取る。そしてその指を、さっきからふるふると震えている肉芽にくるくると円を描くように擦りつけた。

「あぁあぁあっ……！　それ、だめぇっ……！　ふぁあぁんっ！」

「こんなに蜜をあふれさせて、あなたは本当にいやらしいな。だけど、そんなあなたが見られるのは私だけなんですよね。……もっといやらしくなって。乱れてください」

「いやあぁぁんっ！」

包皮を剥《む》き、くりゅくりゅと花芽に愛液を塗り込めながら、ぬち、とさらに少しだけ腰を進められる。肉茎はエラのあたりまで挿入ってきたけれど、まだぜんぜんだ。まだぜんぜん、そんなものじゃ満たされない。

花芽を愛撫《あいぶ》されて、それだけでもびりびりと甘いしびれが走る。もっと欲しい、すべてが欲しいと膣口がひくひくと収縮する。

けれど十六夜さんは、その収縮を合図にしたように、逆に屹立《きつりつ》をぬちゅりと引き抜いてしまった。肉芽への愛撫はそのままだから、焦らされている状況に泣きたくなる。

「十六夜さん、……んっ……はぁっ……、お願い……します……っ……挿れ、て……っ……」

肉芽への指の動きがきもちよすぎて、苦しい。涙目のわたしに、十六夜さんはちゅっとキスをくれた。

「どこから挿れてほしいですか？　どんなふうに？」

「っ……！」

悔しい。十六夜さんは、こんなときだというのにまだ余裕があるんだ。

彼も確かに熱い息を吐いているし瞳も潤んでいるけれど、わたしより、まだぜんぜんなんだ。

悔しい。悔しい、……けれど。

それ以上に、十六夜さんが欲しい。十六夜さんと、早くひとつになりたい。十六夜さんが、好き――。

わたしは十六夜さんにしがみつくようにして、懇願した。

「向かい合って、このまま、前から……一気に奥まで、挿れてくだ、……あぁぁっ……！」

まだ言い終わらないうちから、ずぷっと挿入された。わたしの望み通り、正常位の状態で一息に。

ずっぷりと太い肉杭が根元まで挿入っていて、どくんどくんと激しく脈打っている。大きすぎるほどのそれは、みっちりと狭そうに膣内いっぱいを占領していた。

「きつい……あなたの膣内は何度しても狭いですね。でも、とろとろで……すぐに突き上げたくなる」

「ひぁっ……！」

くんっと一度だけ奥を小突かれ、びくんと身体がはねる。頭がしびれて、危うくもうイってしまいそうだった。

「まだ、イってはだめですよ」

そのことに気づいたのか、十六夜さんはそう言って、それ以上は動かさない。

すうっとわたしの身体を縁取るように優しく触れ、撫でた。太ももから足の付け根、腰、おへそ、脇腹から肩、うなじにかけて、耳まで。

ただ往復してゆっくりと撫でられているだけなのに、挿入っている状態だからか、必要以上に感じてしまう。

「んっ……ぁん……っ……十六夜、さん……っ……」

ちゅぱっとキスも加わると、ますますわきあがる快感にどうしようもなくなった。

ちゅくちゅくと舌を絡められながら、特に耳や花芽をくすぐられるように撫でられると、甘い声がおさえられない。動かされないでこんなことをされるのが、こんなにもきもちいいだなんて知らなかった。

あれだけ抱かれてきたのに、まだ知らないことがあっただなんて——。

「今日はあなたが動いてくださるんですか？」

「ん、ふ……え……？」

十六夜さんは、くすりと悪戯《いたずら》っぽく笑う。

「さっきからずっと、腰が浮いて揺れています。おかげで私のペニスがますます硬く大きくなっていく」

「やっ……！　だ、だって十六夜さんが触るからっ……ぁんっ！」

ぷるぷると肉芽を指で横に転がされ、びくびくと膣内が収縮する。また腰が勝手に動くと、確かに十六夜さんの肉棒はさっきよりも嵩《かさ》を増したようだった。

「今日はいきなり挿れてしまいましたからね。まだたくさん、愛撫をしてさしあげないと」

「いやっ……そんなの、いいですっ……も、早く……動いて、ください……っ……」

こりゅこりゅと肉芽を愛撫され、耳に幾度となくキスを落とされながら、お願いする。

十六夜さんは、わたしの唇に一度だけ、またキスを落とした。

「……もう少し触っていたかったですが、今日は私も限界です。……すみません。動きます

　ぬーっと肉棒がゆっくりと切っ先を残して引き抜かれ、じゅぐっとお腹《なか》の奥まで一息に突き刺さった瞬間、わたしは絶頂に達していた。びりびりと頭のてっぺんからつま先まで、電流が通り抜けていったかのように甘くしびれ、ひくひくっと膣内が収縮する。この瞬間はいつも、切なくて甘酸っぱい、不思議な気持ちになる。身体じゅうがふわふわして、頭の中が真っ白で。十六夜さんのことしか、頭になくなってしまう。

「あぁぁあぁぁっ――‼」

「……っ……」

「十六夜さん、……好き……」

　気がつけば、涙を流しながら頭を持ち上げ、自分から十六夜さんに唇を重ねていた。

　十六夜さんは、ぼうっとわたしを見下ろす。

「つぐみさん、……イったんですね？　……なぜ泣いているんですか？　つらかった？」

　いいえ、とわたしは涙が止まらないながらも微笑んでみせた。

「こんなにきもちよかったの、初めてだから……あと、きっとうれしくて……自分でもわからないんですけど、だから涙が出ちゃうんです。……十六夜さんとひとつになれるのが、こんなに幸せだなんて思わなかった……」

「……つぐみさん……っ……」

「ん……っ……ふぁ……っ……」

たまらないといったふうに、十六夜さんがキスを返してくれる。ちゅ、ちゅ、と何度かそうしながら、再び硬い亀頭でずぐずぐと連続して奥を叩く。

「んぁっ……い、十六夜さ……っ……い、いま、イったばかり、だから……だめっ……あぁんっ！」

「すみません、やめてあげられない……腰が止まらない……っ……」

「あぁっ！　あっ、あっ、いやっ、あぁんっ！」

ずちゅずちゅと音が立つほど、十六夜さんの抽挿は激しい。時折ぐるりと具合を確かめるように腰を回し、そうすると肉茎が膣内全体を擦るような動きになって、それがまたきもちがいい。

「ああ、つぐみさん……あなたの中、本当にきもちがいい……熱くて、とろとろで……突くたびにぐちゅぐちゅして、……あなたに包まれていると、すぐに射精《で》てしまいそうだ……っ……」

がつがつと腰を打ちつけられるたび、じゅぷじゅぷと結合部からははしたない音が立つ。それほど濡れてしまうくらい、わたしの身体は十六夜さんを受け入れていた。これまでのように、いや、もしかしたらそれ以上に。

「十六夜、さん……んっ……はぁっ……、わたし、今日……すごくきもちがいい……」

「私も、ですよ……ゴムをつけていないからでしょうか。久しぶりだからなのか、両方かもしれませんが……でもね、きっと一番の理由は……あなたと両想いだと知ることができたからです」

台詞の最後を耳元でささやくように甘く言われ、身体じゅうがかぁっと熱くなった。勝手にお腹の奥が締まり、きゅうきゅうと十六夜さんの屹立を扱くように動く。

十六夜さんは、「くっ……」とこらえるような声を出し、わたしの頬にキスをした。まぶたにも、鼻の頭にも、額にも、最後にもう一度、唇にも。

「そんなに、締めないで……まだあなたの中にいたい……ずっとあなたとひとつにつながって、私の形にうねって動くあなたの中を擦って、奥を突いていてもらいたい」

「わたしも、ずっと……んっ、んっ……突いていて、もらいたい……っ……んぁんっ……でも、……早く十六夜さんが、欲しい……十六夜さんの、ぜんぶ……中に欲しい、です……」

「っ……そんなこと言われたら、……もう、だめだ……つぐみさん」

「ふ、あぁぁっ……あっ、あっ、あっ」

抽挿がさらに激しいものになり、亀頭が硬く膨らむのがわかる。肉棒全体が熱を持ち、びくびくと痙攣《けいれん》した。

「イく……イく……ああ、射精《で》る……っ……射精《だ》しますよ、つぐみさん……あなたの中に、全部……っ……」

「ください、十六夜さんの……、あぁあぁぁっ——‼」

ずぐっと一番奥に肉棒が突き刺さり、びゅく、びゅるっと勢いよく精液が迸《ほとばし》った。腰を打ちつけられながらの射精は、驚くほど長く続いた。

熱液を中に感じて、わたしもまた軽く達してしまう。中に射精《だ》されているのが、はっきりとわかる。抽挿したままだから、膣内でじゅぷじゅぷと、硬い肉棒で精液がかき回されている。

それがさらに快感を増して、イってしまったのだ。十六夜さんの頬も上気していて、こめかみからつうっと汗がつたってわたしの胸に落ちた。

は、は、とお互い息が荒い。

それを見て、十六夜さんがごくりと唾を飲み、ぐっとわたしの腰を持つ。

また突き上げられるかと期待したけれど、十六夜さんはそれに反し、ぬぽんっと屹立を抜いてしまった。

「十六夜さ、」

「うつぶせになって」

「あっ！」

性急な手つきで、半ば強引にくるりと身体を半回転させられる。十六夜さんは、強制的にうつぶせになったわたしの腰を、改めて高く持ち上げた。こぽっと中からあふれ出した精液が、つうっと糸を引いて畳に落ちる。

十六夜さんは、そんなわたしの膣口をくぱりと両方の手の指を使って開いた。

「あっ……や、やめてっ……！」

「ああ、中までとろとろですね。私の精液がこんなにあふれて……とても煽情《せんじょう》的な光景です」

「み、見ないでくださいっ……いやぁっ……！」

くぷりといまだ衰えを知らぬ肉棒の硬い切っ先だけを中に挿れ、手で肉幹を持ってぐちぐちとかき回す。ますます白濁液がつつっと肉棒やわたしの太ももを伝い、ぽたぽたと落ちていく。

振り返ったわたしから見ても、それはとても興奮する情景だった。

「いやじゃないでしょう？　だってほら、こうやってかき回すたびに、あなたの膣内はひくひくと吸いついてくる。ほら、ほら」

「あっ、あっ、やだやだっ、やめてぇっ！　あぁんっ！」

くちっ、ぬちっ、と肉茎の半ばまでを挿入し、すぐに引き抜く。激しいけれど浅い部分だけだからか、その抽挿はもどかしく、出し挿れされるたびにお腹の奥がむずむずと疼いてくる。イったばかりで刺激されているから、なおさらだ。

「十六夜さんっ……お願い、……っ……どっちかに、して……っ……」

「どっちかとは？」

必死に頼んでいるのに、十六夜さんはまだ意地悪をするつもりだ。そんな十六夜さんにきゅんときてしまうのだから、自分でも困る。

そんなわたしの気持ちを見透かしたかのように、十六夜さんは口角を上げた。悪魔のようでもあり、天使のようにも見える、不思議な色気がそこにはあった。

「どちらかで、いいんですか？　それなら私の好きなようにしますが」

もう、たまらなかった。二週間も離れていたうえこんなに意地悪されて、身も心も十六夜さんでいっぱいになっていた。

「挿れて、ほしいです……っ……、まだ十六夜さんの感触が中に残っていて、きもちよすぎてつらいですけど、でも……つらくても十六夜さんが欲しいんです……っ……でも、十六夜さんが疲れたなら、むりは言いません……我慢、します……っ……」

わたしが答えているあいだも浅い抽挿は続いている。そのためせり上がってくる快感をおさえることができずに、ところどころ声がうわずってしまう。

そんなわたしの返事を聞き終わると、十六夜さんはちゅっと額にキスをくれた。

「私も一択しかありません。挿れて、あなたをめちゃくちゃにしたい……っ……！」

「ふぁ、あぁぁぁっ——‼」

ずぷぷ、と淫らな音を立てて、今度こそ根元まで肉棒がねじ込まれる。気のせいか、さっき挿入っていたときよりももっと大きくて硬くなっている気がする。

ぬるーっと引き抜き、ぬぷっとゆっくり刺し入れる。とてもゆっくりで緩慢なその抽挿は、だからこそ十六夜さんの存在を確かなものにした。ゆっくりだとなおさら、十六夜さんの形や大きさ、熱さや硬さがわかる。エラの張り具合や、どくどくと血管が脈打っていることさえも膣壁を伝わって感じられた。

それがたまらなくきもちよくて、ひと突きされるたび、何度も意識が飛びそうになった。緩慢に抜き差しをされながら、背後から両方の乳房をこれもゆっくりと揉みしだかれるのだから、なおさらだ。指の腹で乳首をねっとりと捏《こ》ね回《まわ》されたりもしている。

「十六夜、さんっ……な、なんだか、いつもよりも……手つき、いやらしい……っ……」

「いやらしくしているんです。あなたがもっと感じてくださるようにね」

「あっ、あっ、も、もう、これ以上は、わたし……っ……」

奥を、こつ、こつ、と硬い亀頭で刺激されると、びく、びく、と頭のてっぺんまで快感が走り抜けていく。膣内はきゅうきゅう収縮しっぱなしで、十六夜さんもそのことに気がついたのか、ふと指摘された。

「あなたの中、何度しても狭いですね。なのにとろとろで……。さっきからずっとびくびく動いていますね。私が突くたび、イってくださっているんですね」

「あっ、も、もうだめっ……十六夜さん、わたし、きもちよすぎて……おかしく、なっちゃいますっ……お願い、もっと……ごつごつ、激しくしてくださいっ……！」

ひと突きごとにイくのは、地獄のような苦しみだ。それほどに、きもちがいい。もういっそのこと、早く楽にしてもらいたい。頭がおかしくなる……！

「……そうですね。私もそろそろ、保たない……っ……」

「ふぁ、んっ、んっ……！」

片方の手で優しく顎をつかまれ、改めて振り向かされる。上半身をひねった状態で、キスをされた。ちゅく、ちゅるっと舌を絡まれ吸いながら、十六夜さんはようやく抽挿を激しいものにしてくれた。じゅぐっじゅぐっと最奥を鋭く抉《えぐ》るように突きながら、ちゅぱちゅぱとついばむようにキスを続ける。片手で耳を、もう片方の手では乳首を愛撫され、何ヵ所からもばらばらに与えられる快感にわたしがむせび泣いたのは、それからすぐのことだった。

声もなく、わたしは、今日幾度目かわからない絶頂を迎えていた。

十六夜さんからの甘すぎる攻撃も、やがてすぐにやんだ。十六夜さんもまた、達したからだ。

「つぐみさん……っ……ああ、射精《で》る……っ……！」

ぐぷっと最奥を突いた十六夜さんは、再びわたしの中に熱い迸りを放った。二度目とは思えぬほどの量と勢いに、わたしもまた目の前がちかちかとする。

またたきをするくらいのほんの少しのあいだ、わたしは意識を失っていて、十六夜さんがそんなわたしに気づいて心配そうに頭を撫でてくれた。

「すみません、加減ができませんでした。……つぐみさん、大丈夫ですか？」

身体のどこもかしこも、甘いしびれでびりびりする。中も外も、すべてが十六夜さんでいっぱいだ。——こんな幸せ、どこを探したってない。

わたしは畳の上に頭の右半分をくっつけた状態で、微笑んでみせた。

「大丈夫です。すごくきもちよくて、すごく幸せなだけです」

するとと十六夜さんは、なぜだか泣き笑いのような表情になった。こんな顔をする十六夜さんを見るのはバレンタインのとき以来で、胸が甘く疼く。もう、わたしはこの人のことが好きすぎておかしくなっているのだろう。この人のどんな表情を見ても、どんな仕草を見ても、どんな声を聴いても「好き」としか思えない。「好き」としか感じられない。

「……私もです。つぐみさん、……愛しています」

十六夜さんはわたしの手に指を絡めてきゅっと握り、触れるだけの、優しいキスをくれた。いたわりと愛しさを感じられる、幸せなキスだった。

エピローグ

それから少し日が経《た》って、その年の十一月に、わたしと十六夜さんは結婚式を挙げた。

十六夜さんの仕事のスケジュールや式場の都合もあって、その月になったのだ。

そのときすでにお腹《なか》に新しい命を宿していたわたしは、牧師さまの前で十六夜さんと生涯の誓いを交わしあった。

和風なものが好きだと聞いていたから、式もてっきり神前式《しんぜんしき》かと思っていたのだけれど。

「つぐみさんには絶対このドレスが合います」

と自らデザインしてつくらせたウェディングドレスを着せたいという理由だけで、チャペル式になった。

十六夜さんがデザインしてくれたドレスは、ひらひらとフリルもついていて露出の少ない、清楚《せいそ》な感じの真っ白なものだった。

十六夜さんが考えてくれたというだけでも、すごくうれしい。

「つぐみさん、とてもきれいです」

十六夜さんはうっとりと、そう言ってくれたけれど。

白い花婿姿の十六夜さんも、とてもとてもきれいで色っぽかった。

わたしよりも絶対に、数倍も。

結婚式では両家の両親はもちろんのこと、親戚や友だち、お義父さんの会社のおつきあいのある方々や出版社関係の方々なども含め、すごい人数の参列客だった。結菜はもちろんのこと沖安くんも、三波さんもきてくれて、それぞれお祝いを言ってくれた。

「まさかほんとに結婚しちゃうとはなぁ。十六夜さん、崎原のこと泣かさないでくださいよ」

沖安くんがちょっと淋《さび》しげな笑顔でそう言うと、十六夜さんは穏やかに微笑み返していた。

「別の意味では啼《な》かせますけどね」

もう、こんなときになんてことを言うんだろうこの人は！

ちょっと焦ったけれど、沖安くんが「そっか、なら問題ねぇな」とカラッと笑ってくれたからよしとしよう。

式場も披露宴会場も一流のところで、こんなきらびやかな世界にわたしなんぞがいていいものかどうか、ちょっと悩んでしまったほどだ。

それでも、十六夜さんがずっと手を握っていてくれたから、不安ではなかった。

すぐ隣に、好きな人が笑顔でいてくれる。

そしてその人も、わたしを好きでいてくれる。

それがどんなに幸せかということを、どんなにうれしいものかということを、わたしはもう知っている。

「はーい、記念写真撮りますから皆さん集まってくださーい！」

カメラマンを手配してくれた三波さんが、両親や友人たちを呼び集める。

わたしも十六夜さんに手を引かれ、「転ばないように」と注意を受けながら席を立った。赤ちゃんができたとわかってから、十六夜さんはかなりの過保護っぷりだ。こんなに甘やかされていいものかと、それこそ悩んでしまうほどに。

想いが通じ合ったあの日から、十六夜さんは始終にこにことご機嫌だ。

もちろん今日も、とびっきり。

「撮りますよー」

三波さんが合図した、その瞬間を狙ったように、顎をクッとつままれ仰向かされた。

「ふ、えっ⁉　――んん……っ……」

なにが起きたのかわからないほど素早く、唇を奪われた。わっと歓声が上がり、あちこちからパシャパシャとフラッシュがたかれる。

ようやく顔を離した十六夜さんは、悪戯っぽく笑った。

「すみません。あなたがかわいらしすぎて、つい」

「十六夜さんっ……」

もう、この人は本当に！

でも、……幸せだから許してあげよう。なによりも、この大好きな人に敵《かな》うはずがない。

「つぐみさん。幸せですか？」

そう尋ねてくる十六夜さんは、まだどこか心配そうで。そんなところも、愛《いと》おしい。

わたしは自信を持って、笑顔で答えた。

「はい。とっても！」

もっともっと幸せになりましょうね、一緒に。

そうつけ加えると、十六夜さんも心の底からの笑顔を見せてくれた。

わたしと十六夜さんの新しい物語は、今日ここから、――始まる。

あとがき

お世話になっております。初めましての方は初めまして！　希《き》彗《すい》まゆと申します。ガブリエラ文庫プラスさんでは今回初めて書かせていただきました。

今回のヒーロー、十六夜さんは官能小説家です。いろいろおとなな彼ですが、いろいろ変態でもあります。あ、変態は言いすぎですね。少々特殊プレイが好きなお方です。

ほかの設定だとまず書かないだろうなーというシーンをわりと書くことができたので、とても楽しく書かせていただきました！　ヒロインのつぐみには少々災難な部分もあったかもしれませんが、結果彼女は幸せになれたのでよしとしましょう！

今回イラストを担当してくださったのは、ＫＲＮ先生です。

十六夜さんはラフからして色気ばりばりですし、つぐみはつぐみで思い切った前髪がまたかわいらしくて……！　ＫＲＮ先生の現代ものイラストを拝見するのは初めてなので、わくわくいたしました！　ＫＲＮ先生、今回も素敵に描いてくださってありがとうございます！

この本が刊行されるのは秋真っ盛りだと思うのですが、わたしの今年の秋は間違いなく食欲の秋になると思います。

少し秋バテ気味ではありますが、去年あたりから食べる楽しみに目覚めまして……！　ほとんど好き嫌いなく食べることはいままであまりなかったので、もういろんなものを食べて楽しんでおります。

一番びっくりしたのが、おせちがおいしいと感じるようになったことです。取り寄せたお店のおせちがおいしかったという理由もあったかもしれませんが、いままでわたしおせちっておいしいと思ったことがなかったんですよね。おいしそう、ともあまり思ったことがなくて。

それが、今年のお正月のおせちはなんだかいろいろ食べてみたくなりまして。おせちっていろいろ食べてみないと素材がなんだかわからないものもあったりするんですが、そういうものにも挑戦してみまして、「なにこれおいしい！」「ちょっとそっちも食べてみる！」と、気づけばほとんどの種類を食べ尽くしておりました。

そんなこんなでがっつり食べるようになった結果、太りました！（当たり前ですが）いままでが痩せすぎていた感があるのでそれはいいのですが、太ってよかった点というのもありまして。

なにかと申しますと、体力もがっつりついたことです！　部屋の模様替えとかひとりでしてもほとんど疲れません！　本棚の中の大量の本を隣の部屋に移動するため一度に何冊も抱えて何十回往復しても疲れません！　重い段ボールもいままでよりはるかに軽々感じます！　これはうれしかったです！

あとは筋肉が衰えないように筋トレして運動してちょっと絞ればいいだけです！　それが大変なのですが（笑）。

でも睡眠時間を削るのだけは疲れます……これだけはいくら食べても回復するのに時間がかかります。結局人間、快食快眠って大事なんだな、と痛感しております！

つくづく人間の身体ってエネルギー（食事）からつくられているんだな、と納得した一年でした。

カバーコメントにも書きましたが、やっぱりすべての食べ物に感謝です！

いまは測っていないので治ったのかどうかわからないのですが、少し前まで二ヵ月ほど原因不明の微熱が続いておりまして、つらいなーだるいなーという感じになっておりました。

もちろん病院にも行ったんですが、一人目のお医者さんには「検査してもわからないので一ヵ月様子を見てください」と言われまして。一ヵ月も待てないよつらいよー！　と二週間ほど経ってからまた違うお医者さんにかかったら、「膀胱炎じゃないですかね」的な診断をされまして、お薬も出してもらったらなんとか三十六度台に戻ってお医者さんも「あ、これが原因だったみたいですね。もう大丈夫でしょう」と判断してくださいまして。

でも家に帰ったらソッコーでまた三十七度台に戻りました。一番高いときで三十七度八分とか出るので、ほんとつらかったです……！　どうもちょっと暑い思いをしたり風邪を引いたりすると微熱になるようなので、軽い熱中症になっていたのかなーとも思うのですが……いまだに原因不明です！　微熱にならないよう風邪とか熱中症とかに気をつけようと思います！

皆さんも体調には気をつけてくださいね！　季節の変わり目は身体にきやすいので、いろいろと注意ですよー！　健康第一ですよー！


今回も書籍にしていただき、感謝です。この本を手に取ってくださり、購入してくださった方々、読んでくださった方々、ありがとうございます。イラストを担当してくださったKRN先生、そして根気よく担当してくださった担当編集のNさまには感謝してもしきれません。ありがとうございます。この本の出版に携わってくださった関係者の皆さまにも、多大なる感謝を……。

皆さまに、少しでも夢のおすそわけができましたら幸いです。

本当にありがとうございました！

希彗まゆ

初めての恋人が官能小説家ってアリですか!?　キャラクターデザイン：KRN

王子な上司は極甘御曹司!?
Ohji na joshi ha gokuama onzoshi !?
presented by Rise Serina
Novel 芹名りせ
Illustration 氷堂れん
約束どおり、たくさん愛すからね
憧れの桜屋百貨店で働くことになった椎奈は社長子息でフランス帰りの新課長、誠二と百貨店愛で意気投合。接客サービスの学習として一流店に連れ回され、毎日のように食事などを共にする。誠二の強引なアプローチにとまどいつつも、その優しさや仕事への真摯さに惹かれていく椎奈。「ずっときみだけを愛するからきみの全部が欲しい」甘く囁かれながら抱かれ快感に酔いしれるが御曹司である誠二との立場の違いに気後れも多くて…。
好評発売中！

gabriella plus ガブリエラ文庫プラス

MGP-010

初めての恋人が官能小説家ってアリですか!?

2016年11月15日　第1刷発行

著　者　希彗まゆ　©Mayu Kisui 2016

装　画　KRN

発行人　日向 晶

発　行　株式会社メディアソフト
〒110-0016　東京都台東区台東4-27-5
tel.03-5688-7559 fax.03-5688-3512
http://www.media-soft.biz/

発　売　株式会社三交社
〒110-0016　東京都台東区台東4-20-9　大仙柴田ビル2F
tel.03-5826-4424　fax.03-5826-4425
http://www.sanko-sha.com/

印刷所　中央精版印刷株式会社

希彗まゆ先生・KRN先生へのファンレターはこちらへ
〒110-0016　東京都台東区台東4-27-5 (株)メディアソフト
ガブリエラ文庫プラス編集部気付 希彗まゆ先生・KRN先生宛

ISBN　978-4-87919-347-6　Printed in JAPAN

ガブリエラ文庫WEBサイト　http://gabriella.media-soft.jp/